鎮魂鈴

Soul Sealing Bell

中卷

風花雪悅 著
兔仔 繪

目錄

contents

目錄
contents

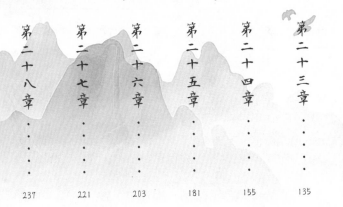

第十六章

許三清眼巴巴地在書房裡等著，好不容易等到蘇星南把公務處理好，已經是日暮時分了，待把行囊安放好，許三清連晚飯都不吃，就拉著蘇星南上街去了。

正好趕上這天是上九墟市——這是逢初九、十九、廿九都有的墟市，分別叫上九、中九與下九。

街道上的攤販跟賣藝人比平常更加吵鬧，許三清高興得手舞足蹈，剛開始時一手拿著羊肉烙餅，一手拉著蘇星南在人群裡鑽來鑽去，但跑了大半個時辰後，就活像隻扔進開水裡的青蛙，跳完了就沒了聲音，開始拖著步子嚷嚷要吃消夜了。

蘇星南不止一次腹誹過許三清可不止吃了他五斗米，但到底還是從了他的願，挑了個老字號麵攤坐下，許三清聞到那香噴噴的大肉雲吞，笑得兩顆小兔牙珍珠似地反著光。

於是蘇星南又很大方地繼續掏腰包了：「老闆，兩碗淨雲吞。」把十來文錢塞到許三清手裡，他指了指熱鬧的街道，「那邊有家餅店，裡頭賣的鳳梨酥也很好吃，你坐著我去給你買。」

「好好好，你去吧，我在這裡等著你。」許三清猛點頭，可是很快又皺眉了，「不行，你是路痴，你待會回不來怎麼辦？」

這個問題還真說到了問題點上，蘇星南本想說「那我們一起去」但這攤子是老字號的，說不定走開了回來就沒位置了，便說：「那地方不遠，我開一下天眼，然後望著你的藍氣走回來總沒錯了吧？」

修道人身上的真氣呈藍色，京城又不許僧道進入，這方法的確能行，但許三清顯然沒想到開天眼這個犀利的認路方法，頓時目瞪口呆，好一會才因為口水要流出來了合上：「那、那就這麼辦吧……」

蘇星南見許三清認同自己的做法，非常滿意自己對於道法的見解有所長進，閉目凝神一會，開了天眼，便去買鳳梨酥了。

許三清乖乖地等著雲吞跟鳳梨酥，忽然聽見隔壁桌兩個衣著光鮮的年輕公子在說話，一個藍衣公子催促另一個黃衣公子道：「別吃了別吃了，雲壇會要開始了！」

「不多吃點待會怎麼有體力啊。」那名黃衣公子一邊快速地把麵條扒進嘴巴裡，一邊還能字正腔圓地回答，「你不知道啊，那裡的道士個個都體力驚人，那個詠真道長更是厲害，一旦糾纏上了可是能跟你論道一整個晚上呢！現在不吃待會你腳軟可就丟臉了。」

咦？這京城不是禁止道士和尚進來嗎？怎麼會有道士，還開論道大會？許三清非常驚訝，跑過去跟他們搭訕：「兩位大哥好，請問你們剛才說的論道到會在哪裡舉行？都有些什麼道長賜教呢？」

那兩人詫異抬頭，見是一個容貌端正的小公子，衣著打扮也像個富貴人家，便心領神會地笑了笑：「這論道大會可不是每個人都能去的，你家住何處，是何出身啊？」

哎呀，還要講究出身呢！許三清連忙說：「我從蘇杭地方來的，暫時在京城西北角上的鳳儀大街下榻。」

京城西北盡是達官貴人，那兩人滿意地點點頭：「好啊，那你就同我們一起去吧，你走運了，平常雲壇會都不讓臨時加人的，我們恰好有個朋友病了無法去，他的名額就給你吧。」

「那說明我與道有緣啊！」許三清興奮極了，連蘇星南都給忘了，「那我需要準備什麼嗎？」

「本來是要的，但眼下時間不早了我們還是快點去吧，你倒是簽個單子，確保以後會把香油錢送過來就是了。」藍衣人拍了拍桌子，「還沒吃完！」

「行行行，這就走。」黃衣人再不敢無視同伴的不滿，擱下碗筷，隨即三人便腳步匆匆地往一個地方趕去了。

許三清一邊走一邊都能聽到自己的心臟砰砰直跳了，一定是蘇星南從前仇視道教，所以沒有留意民間道教的祕密發展。除了蘭一，他都沒見過其他活道友，雀躍之情躍然臉上，彷彿要從眼裡發出七彩亮光來。

那兩名公子哥兒見許三清如此興奮，打趣他道：「小兄弟你是第一次去吧？待會大家互相論道的時候，你這樣的新人可能會沒有道長搭理你，到時候可別失望啊。」

「無妨無妨，若道長們十分忙碌，我也能跟其他的善眾交流切磋嘛！」許三清話一出口，那兩人便笑了起來，搭著他的肩膀道：「原來如此，那也無妨，待會要是你找不到人，我們就跟你交流切磋吧。」

「嗯！」

說話間，已經到了一個十分華麗的高樓前，門外有兩個看門人，見了那兩名公子哥兒，便問他們要拜帖。

藍衣人拿出三份拜帖，看門人檢查過便放他們進去：「他們已經開始了，大會應該快結束了，你們趕緊進去，要不然會趕不上論道的。」

「哎，早叫你不要吃那麼久。」藍衣人埋怨一句，便快步走進了大廳。

許三清緊跟在後頭，只見一道雕花大門打開，大廳十分空曠，有那麼十五、六名同樣富貴打扮的男人在兩側矮榻上盤腿坐著，空出來的中間一大塊地方，正中央搭著一個高出地面二、三十公分的臺子，一尺見方的臺面十分乾淨，只有一個身量高挑的黑衣道長手握一把拂塵，慢悠悠地演練著拂塵工夫。

許三清跟隨師父學藝時，最頭疼的不是道法道術而是武術，拂塵這種以柔制剛的法器他更是完全玩不轉，後來師父去世了也沒人能教他了，此時見有人演練，眼睛都拉直了，恨不得衝上去請人賜教他一招半式。

「小兄弟，這邊坐。」那兩人拉著許三清在一邊坐下，見許三清仍目不轉睛地盯著高臺上的道長，好心地提醒他道，「詠真你就別想了，一定是跟這裡來頭最大的人論道的，你看那邊那個人，他爹可是在大理寺供職的推丞大人，我們找別人好了。」

「啊？這論道還要算輩分啊？」早知道把蘇星南也拉過來好了。

「當然，一般人可是連這裡都進不來的，啊，開始了開始了，開始升壇了！」

「咦？」升壇是不得已要與三界六道朋友接觸時才做的事情，許三清大驚，連忙回頭看那詠真道長。

只見詠真還是那麼慢悠悠地揮舞著拂塵，纏、拉、抖、掃，均是基礎的拂塵手法，但不知道為何詠真做出來的動作，卻讓許三清莫名其妙地想起了蘇星南服侍他的事情，詠真舉手投足看似慵懶卻暗含力度，拂塵尾部長長的尖兒彷彿一下下抽在心尖上，目光流轉間，是那三尺紅腰帶也鎖不住的蕩漾春色。

許三清隱約感到不對，正疑問，只見詠真猛地一抽地面，發出裂帛一般的脆響，從大廳最後的屏風後魚貫而出兩列身穿藍色道袍的年輕道士，男左女右，他們在空曠的中心站好位置，便紛紛甩動起手中拂塵，也一樣舞動起來。

那動作也是十分標準的，且他們做來並無詠真那樣撩人的風采，許三清一時又不敢確定了。但他明顯感覺到屋子裡的氣息變得溫熱起來，略一細聽，便發現大廳中充斥著一聲聲粗重喘息，而自己身旁那兩個帶他來的人，也已經頻頻嚥著口水了。

許三清非常詫異，但等他定睛細看，便看出了端倪，那些人的道袍就只有一件外袍，動作間飄飛而起的衣襬，寬大的袖口，露出了他們若隱若現的玉色肌膚，道貌岸然，卻是比直接的挑逗更加惹人遐想。

「操，老子不等了！」

不知道哪個角落裡爆發出一句髒話，一名站得最靠近矮榻邊緣的男道士輕叫一聲，便已被推到在地。那個罵人的男人一把撩起道袍下襬，掰開那兩片光潔的屁股，掏出半硬的陽物就抵了上去。

那男道士微微擺著腰，看似躲閃，卻是把那東西夾在了股縫中摩擦，男人十分受用，伸手扯開他前襟，捏著道士胸前的肉粒邪笑道：「道長，請問道家房中術是如何處理這兩點硬硬的肉粒的？」

男道士小口地喘著氣：「揉捏吮舔都可以，啊！但貧道希望你用指甲刮一下頂端吧。啊，對、對，就這樣！」

男人依言，刮了幾下那兩點便完全硬挺起來，男道士難耐地扭著腰，股縫中的物體已經完全硬了，男人便不再等待，直往中心的小穴捅進去。

男道士一聲銷魂的媚叫讓其他人從定定的圍觀中醒了過來，不管容貌男女，撈著最近身邊的道士便壓了下去，有的沒撈到人，也不管那些在道士身後忙活的人同不同意，就揪著被壓道士的頭把東西塞進他們嘴裡，在他們熟練的口活中發出滿意的呻吟。

許三清雖然早聽蘇星南說過有道娼這回事，但因為蘭一，他總把他們當做是迫於無奈才走上這條路的，眼下看見這肉欲橫流的交媾大會，不但沒有臉紅，反而臉青了起來。

他在發抖，前所未有的憤怒讓他握緊了拳頭，他真想一個五行天雷炸了這一群敗壞門派的孽道，可是他什麼都做不了，只能憤怒，憤怒，更憤怒！

忽然一隻手搭上了他肩膀，許三清剛一回頭就對上了那個黃衣公子的下流的笑臉：「來，我來陪你。」說著就去摸許三清的下體。

「滾！」許三清終於爆發，一聲斷喝，一掌拍開了那個黃衣人，雖然他工夫不濟，但到底有真氣護體，又蠻力十足，對普通人來說這一擊已能造成三分傷勢，果然，那個黃衣人「哎呀」一聲滾下了矮榻，痛得大聲咒罵起來。

「豈有此理，我告訴你，你別這麼得意，不是我們帶你來，你連門都進不了。想搞詠真？門都沒有，我願意陪你玩你就該心足了！」

在一片色欲的淫聲裡這一聲咒罵顯得突兀，除了那些正在興頭上的，都紛紛轉眼來看許三清，連臺上正用紅腰帶箍著一個男人的脖子玩騎乘的詠真，都往許三清看了過來。

怒，怒已經不足以形容許三清此時心情，他的牙齒都抖得發出嗒嗒聲了，他猛然站起，合牙一咬，用力一吸，吸出半嘴童子血來，「噗」一聲往半空噴出。

眾人俱是一驚，搞不懂他幹嘛吐血，許三清卻一刻不敢遲緩，右手劍指戳出，在那半天血霧中迅速畫起符來，同時急速念起口訣：「乾羅答那，洞罡太玄；斬妖縛邪，殺鬼萬千，凶穢消散，道炁常存，滅！」

一聲「滅」，血光中暫態迸發出一道清聖之光，雷霆萬鈞般擊向大廳正中去，卻是道家無上道法中斬殺邪魔外道的淨滅咒。

聖光劈過，卻無想像中山崩地裂的威勢，刺目的光芒散去，只見衣衫半褪的詠真擋在聖光前，斜挑著一雙狐狸眼看許三清。

許三清十分震驚，本以為這詠真是個辱沒道門的淫道，不想他竟有一把拂塵掃掉淨滅咒的修為，頓時後悔自己出手太過魯莽。剛才他是乘著盛怒才催出平日十倍的能為，現在放過了咒術，法力跟體力幾乎一併清空，就算要逃，也很是吃力了。

「看在同門之誼，就別給我搗亂了。」詠真卻是一甩拂塵就回轉身去了。

許三清正詫異，突然出現一股鬼神之力，漩渦一般把他往一個方向扯了去。他只覺渾身骨頭都被敲碎了，揉進了一個細小的空間，然後「砰」的一聲爆發出來，重新組合成人。

驚魂未定的許三清呆呆地看著眼前兩碗雲吞麵發呆。

他竟然又回到了那個麵攤上！

難道我做夢了?!許三清動了動舌頭，舌尖上任由絲絲血絲的鹹味，身體也乏力得厲害，連開個天眼的法力都沒有了。

不是做夢，他剛才真的在那一個地方，只是詠真一個拂塵就把他送回了原地。

——五鬼運財！

許三清脊背上爬滿了冷汗，五鬼運財乃是藉著北斗七星中的第五星廉貞星的威力，於無形中搬運物件，道行高深但心術不正的道士會用此法盜取錢財，是以稱為「五鬼運財」，但其實要搬運物件是十分困難的，所以大多數道士是運的財氣，財氣繞身，自然也能金銀滿屋。

廉貞星君十分難請，即使請來了，也不一定會聽從你的，有時候還會反噬施法人，故有「自古廉貞最難辨」的說法。五鬼運財這種術法就算是許三清的師父許清衡做來也得擺上道臺香燭，與星君較量數刻才能用得。

然而詠真竟是一揮拂塵，就把他一個大活人從那高樓運回了原地！

許三清心裡一百二十個不解，詠真道行可謂出神入化了，為何要作此骯髒事？難道他也像蘭一一樣有什麼苦衷？可方才看來他對這事樂在其中，更以此謀利，讓富貴人家的子弟沉溺其中，怎麼想都不像是世外高人啊？

許三清不顧自己氣虛體弱，就要回到那地方找詠真問清楚，然而他一起身就覺得天旋地轉，直直往後倒了去。

第十七章

「小心！」

跌進的懷抱溫暖而熟悉，許三清發黑的兩眼慢慢恢復清明，映入眼簾的是蘇星南焦急萬分的臉：「三清？你怎麼了？餓暈了？先喝點麵湯吧？」說著就扶著他坐下，捧起麵碗遞到他嘴邊。

見了方才那噁心的場景許三清實在吃不下東西，他推開那碗，猛地撞進他懷裡，把頭埋在他胸膛前用力蹭。

「三清？你怎麼了？」蘇星南非常詫異，而周圍的人也一樣詫異，他不想被人認出，便半抱半挾著許三清回了府，讓他坐好了，才握著他的手關切問道，「你怎麼忽然不見了？臉色怎麼這麼差？你去了哪裡，發生了什麼事？」

蘇星南溫言軟語地勸說了好一會，許三清才抬起眼睛來，眼裡蒙上一層似有還無的淚光：「星南，為什麼皇上那麼討厭道教呢？」

「嗯？」

過去許三清只會不停地嚷嚷要他皇帝對道門改觀，從來沒有問過原因，蘇星南以為他天性樂觀豁達，認為原因怎麼樣都無所謂，自己努力就一定能改變現狀，現在聽他這樣一問，又見他眼中神色，不禁擔心起來：「三清，你先告訴我，你去哪裡，發生了什麼事，好不好？」

「我今天見到了一班道士，他們、他們……」

許三清回想起來還是氣得臉色發白，蘇星南大驚，連忙搭著他肩膀問：「你沒被他們做什麼吧？」

「你、你早就知道有這樣的人吧？」許三清深呼吸一下平復下來，「所以你當初才會那麼看不起道教中人，是不是？」

「呃，也可以這樣說。」蘇星南又仔細打量過許三清沒有異樣，才放下心來，「但你跟他們不同，而且世上還有很多正經的修道人在努力，不是嗎？」

「但他們無法光明正大地出現，只會一直一直被人汙衊，受人輕賤。」

許三清咬牙切齒，「我一定一定要為道教正名，把那些敗類全都逐出師門！」

所謂打壓越強，反彈越大，越是意識到恥辱，才會更加堅定去雪恥，許三清現在不再是單純為了師父的遺命，而是為了更宏大的志向，連蘇星南都不禁肅然，正經起來回答道：「其實我也不清楚全部的事情，但我知道，其實厭惡道教跟佛教的人不是皇上，而是太子殿下。」

「嗯？」

本朝太子李欽，十歲時拜入龍虎山天師教學道，那是道教最興盛的日子，但八年以後，太子回宮，卻是力斥道教為邪魔外道，甚至連佛教也受到了牽連，從此天下滅道，世無僧佛，至今，道教已經式微了整整四年。

「我在進入國子監前，曾做過太子伴讀，殿下自小身體就很不好，後來得到高人指點，說要讓殿下拜入天師門下才能安然成人，皇上便把殿下送到龍虎山天師教去學習了，我也到國子監去了。偶爾有跟殿下書信往來，只知道他在龍虎山過得也頗為開心，但後來絕了聯繫，不想他回來後竟有如此舉動，我也不明白發生了什麼事。」蘇星南道，「殿下偶爾會召我進宮商量國事，下次我試試能不能問出個中因由吧。」

「嗯，謝謝你。」許三清垂下眼睫，把蘇星南的手從自己肩頭上拉下來，「是不是連蘭一都是那種人？他跟楊宇大哥……」

「師父。」蘇星南正色道，「不要因噎廢食。」

「嗯？」許三清皺了皺眉，「聽不懂。」

「就是，不要因為曾經吃飯噎到，就從此不吃飯。」蘇星南摸摸他的頭，「更何況你只是被飯裡的沙子硌到牙而已。」

許三清眨眨眼，忽然往蘇星南撞了個頭槌，蘇星南毫無防備，一下砸在胸口上，砸得他痛出一口氣：「咳咳，師父？」

許三清一言不發，只是幅度較小地一下下槌著頭，蘇星南嘆口氣，伸手把他攬住，把他的頭臉都按進懷裡：「別撞了，我痛死了。」

許三清果然就不動了，額頭抵著蘇星南的胸膛，沉默著微微發抖。

低低的抽泣聲悶悶地傳了出來，蘇星南把他摟緊了，一下下給他順背。

——哭吧，把所有憤怒與不甘都哭出來，然後你還是那個積極奔走的小道長，光復門楣的責任都在你肩上呢！

只是如果你覺得太沉重的話，就分一些給我，讓我跟你一起承擔吧。

一夜無話，許三清哭了一會就睡著了，法力體力消耗得厲害，直睡到第二天日上三竿才起床。蘇星南府邸裡有幾個皇上賞賜的太監作當差家僕，都是精細乖巧的小孩子，許三清才梳洗好，就已經備好飯食等候了。

許三清興味索然地啃著蟹黃包子，問道：「蘇星南呢？」

「蘇大人一早就上早朝去了，他吩咐我們不准吵你，只等你睡到自然醒，現在這個時辰，他應該回到大理寺去處理公務了吧。」

許三清大驚：「他一個人出門不怕迷路嗎？」

小僕們也不禁笑了：「許公子放心，蘇大人出入都乘轎子的。」

「哦。」許三清這才反應過來，他一直知道蘇星南是京官，但如今切實體會到了各種差距，不禁有些沮喪，「我吃飽了。」

「那許公子想要到什麼地方遊玩？蘇大人吩咐小人給你帶路。」

「不，我去找蘇星南。」許三清站起來，眼角餘光瞄到一名小僕要跑去準備轎子，便大聲說道，「我走著去，不坐轎子！」

小僕們面面相覷。

許三清發現自己失態，垂下頭說了聲「對不起」，便提起布包跑出去了。跑了一會，許三清才緩下腳步，他攥著布包帶子，重新張望起這偌大繁榮的京城。

墟市的熱鬧撤了，日光下也沒有太過黑暗的事情，許三清試圖擺脫一切先入為主，好好地看待蘇星南的故鄉。

這裡的人很多，所以壞人自然就多很多，不是嗎？那麼應該相對地，也會有很多的好人吧？

許三清看見一個老大爺拄著拐杖在一家飯店門前坐下，掌櫃的拿了兩個饅頭給他，說：「老頭你坐這裡，不要擋著我的門。」然後就讓老大爺到店裡一個角落去坐著。

於是他高高興興地往大理寺跑去了。

只是剛到門口就被門衛攔住了：「大理寺不得亂闖！」

「啊，那個，我是來找、找蘇星南大人的。」許三清記得蘇星南給過他一個香木牌子，便掏了出來給守門大哥看。

「哦，是蘇大人府上人，那請進吧。」

許三清不知道這是配給家裡奴婢僕人的「身分牌照」，還以為這個「府上人」是什麼洞府真君之類的稱呼，就沾沾自喜地把牌子收好，直接跑進去找蘇星南。

「哎呀！」跑得太快了，一步撞跌了正好從轉角處經過的人，許三清連忙道歉，「對不起、對不起，你沒事吧？」

「你說呢？」被撞跌的男人冷哼一聲，坐在地上不動。

「哎喲，你這隻小白兔還真愛亂跳啊。」站在跌倒的人旁邊，無奈搖頭的人正是上官昧，他誇張地嘆口氣，想要扶那男人起來，「湯公子，這個人是蘇星南的朋友，你要找晦氣就找他去吧。」

這話聽來是嘲諷，但也點名了許三清有蘇星南撐腰，平常人都知道要收斂兩分不再追究，偏偏這湯繼威是大理寺推丞的公子，一點也不買帳，他指著許三清罵罵咧咧道：「撞到人連扶一把都不會?!」

「是、是。」許三清連忙伸手去扶他，卻不想對方借力一拽，許三清重心不穩，一下跌倒，被對方箍著手攬進了懷裡，「你！放手！」

「呵呵，蘇大人的朋友啊，我素知蘇大人為人正直，厭惡道術，若是他知道你昨晚去了雲壇會，只怕你這靠山就靠不上了啊。」

湯繼威呵呵笑著小聲威脅，許三清雖然認不出他就是昨晚那個與詠真歡好的男人，卻也知道他那時候在場，自己弄出那麼大的動靜，難怪會被人認出。

許三清又一次體會到自己跟蘇星南的差別了。許三清一個雲遊散道，做事從無畏懼，只管隨遇而安，但蘇星南卻是背負著重重身分，就算自己什麼都沒做，也可能因為許三清而被連累。

比如現在，假如這人向朝廷告發許三清懂得道術，那蘇星南會怎麼辦？

許三清兀自失神，竟忘了反抗，湯繼威以為他自知理虧，便笑嘻嘻地去摸他屁股：「哎呀，小公子你真輕啊，好吧我大人不記小人過，就這樣……咦？」

一陣風拂過，湯繼威懷裡便空了，自己也被捏著肩膀提了起來。

「湯公子，你衣服髒了，快回家去換一套吧。」上官昧把許三清往邊上一扔，懶洋洋地拍了拍湯繼威的袖子，「大理寺沒有地方做脫衣服的事情，請回。」

上官昧少卿可是湯繼威父親的直屬上司，湯繼威聽得出上官昧語氣中的不滿，連忙解釋道：「上官大人你誤會了，我非是存心輕薄，但這人，他是個道士。」

「啊！」

許三清一驚，正要辯解，上官昧就搖頭了：「湯公子，那些藥少吃點，對腦子不好。」

湯繼威愣了好一會，才反應過來上官昧在譏諷他吃春藥吃壞了腦子，才認錯許三清是一名道士，不禁瘟怒：「我不是胡說，他昨晚去了雲壇，還出手打傷了人！」

「我是被人騙過去的。」許三清囔囔起來，「我是看你們實在太不像話，才會非常生氣，忍不住出手教訓，不是故意的！」

「哦？」既有傷人事故，上官昧便耐著性子聽了下去，他問許三清，「他們玩他們的，你有什麼好生氣忍不住的？」

「啊！這、這……」糟了，許三清心想千萬不可暴露，否則就是害了蘇星南，他眼珠子轉了轉，忽然記起那日看的卷宗有什麼詞語好像是用得上，張口便道，「這是傷風敗俗，歪風邪氣，自然人人得而誅之！」

「哈，銀貨兩訖，又是在自己的地方，有什麼傷風敗俗的？」上官昧哈哈笑道，「小公子你誤會了吧？那雲壇不是什麼道觀寺廟，是個貨真價實的青樓，裡頭也沒有道士，全是姑娘跟小倌，昨晚大概是在玩什麼主題聚會吧？」

「不是道士？」許三清大吃一驚，喃喃自語起來，「不可能，怎麼會不是？」

「誤會一場啊，湯公子你剛才說了大人不記小人過，那就乾脆健忘到底吧。」上官昧沒興趣繼續了，聳聳肩，推著湯繼威往外走了。

上官昧分明存心偏袒，湯繼威也不好繼續糾纏，便回頭瞪了許三清一眼，隨上官昧出去了。

許三清這時才發現自己已經滿頭大汗。他一屁股坐到地上，左手碰到了一個冰冷的東西。

是個白色的小瓷瓶，大概是剛才湯繼威跌倒時落下的。

路不拾遺，但許三清還是不想再見到那個人，於是他心想就交給蘇星南讓他轉交好了。

「三清！」說曹操曹操到，許三清才剛把那瓷瓶拾起，蘇星南便喊著他名字從裡間大廳跑了過來，「你怎麼到這裡了？」

「我在家裡無聊，就來逛逛……你怎麼跑出來了？」許三清岔開話題。

「在裡面都聽見你罵人了，怎麼了，上官昧欺負你？」蘇星南想來想去也就上官昧一個那麼欠揍。

「沒沒沒，上官大人還幫了我呢。」許三清連忙解釋了來龍去脈，末了才補充道，「可我覺得那個詠真不可能只是那樣的人，他會不會有什麼難言之隱？」

「……你想幹什麼啊？」蘇星南心生不祥預感。

「自然是找他問個清楚啊。要是他真有什麼苦衷，看在同門之誼怎麼也得幫一把啊，嗯嗯，待會我就去問個明白。」

你就不怕被人吃了嗎？蘇星南內心腹誹，只好道：「你跟他素未謀面，光憑你一人說辭，人家哪會把苦衷告訴你。這樣吧，我也一起去，隨便編排個名目說是為了公務查案吧。」

「哎呀，星南你真是太聰明了，為師果然沒有看錯你。」許三清笑得陽光燦爛，得知昨晚那些道士多半是假的以後，他心情好了很多，「現在就走？」

「不行，我還得工作。」

「蘇星南，死出來救人啊！」

忽然一陣大聲的呼叫從大理寺門外傳來，聲如洪鐘，中氣十足，但卻透著幾分焦急，蘇星南認出那是上官昧的聲音，眉頭一皺，飛快跑了出去。

「小心！」

剛剛跑到門口，一個大活人就像沙包似的飛了過來，蘇星南轉手一撥，穩穩把那暈過去了的門衛放倒在地，看清情況的時候就愣住了。

上官昧以一個防守走退的姿勢站在大理寺門外不到一丈距離的地方，嘴角一點深紅的血跡，褲腿被撕開半邊，氣息十分急促，彷彿剛剛和高手打過第一回合，隨時準備第二回合似的。

可他對面的人，只是一點拳腳工夫都不會的湯繼威而已啊！

蘇星南眉頭一皺，當即飛起一腳往湯繼威踹過去，對方卻毫不躲閃，硬是用胸膛接了這一腳，雙手一抱，抱住蘇星南的腳把他往旁邊甩。

但這只是蘇星南的一次佯攻，在湯繼威手抱牢之前已經足見連踏踩，踩著他的胸膛彈了開去，落在上官昧身邊：「湯公子怎麼回事？」

「不知道，忽然發狂襲擊人，襲擊的方式很奇怪，不像什麼工夫，反而像野獸的動作。」上官昧指了指自己褲腿，裸露出來的皮膚上一個紅黑色的牙印，「會咬人。」

「你左我右，先把他打暈再說。」蘇星南說罷，便先竄了出去，想先一步糾纏住湯繼威。

湯繼威此時以獸類姿勢警惕地看著蘇星南，四肢著地，兩手像虎掌一樣拍打著地面，兩眼鮮紅，齜牙咧嘴地向他發出咕嚕咕嚕的低吼。

「喝！」

蘇星南沒有武器在手，便實打實地拳腳相向，湯繼威也撲了過來，還是那樣撲打纏抱，全靠一股蠻力，竟然也讓蘇星南落了下風，明明沒有一絲空檔，也讓湯繼威憑著硬吃拳頭的蠻勁衝到了身邊，箍著了他的腰，用力勒緊，蘇星南一口氣提不上來，連出幾下快拳打在湯繼威胸膛上才逼得他鬆了手。

「看招！」

上官昧也看準了這個時機攻過來，他的工夫跟蘇星南的快急衝不一樣，更像太極，看似緩慢，卻能在瞬間爆發出堅不可摧的攻擊，這一掌拍上湯繼威的後背，湯繼威當即「哇」的吐了一口鮮血。

蘇星南也連忙往他頸脖上襲去，但湯繼威受了傷不但不退，反而更加激烈亢奮，大開大合地往兩人撲過去。

被驚動的人越來越多，有官兵想上前幫忙，但他們見湯繼威凶悍，一時都只能在邊上乾瞪眼。

蘇星南跟上官昧要殺他是輕而易舉的，但湯繼威是同僚的公子，加上這般中邪似的模樣，就算是殺了，也必定要查清楚來龍去脈才對得起同僚。兩人如此顧忌，自然諸多掣肘，毫無理智的湯繼威力大無窮，他們一身武功都無法施展了。

許三清一邊看他們打，一邊在心裡萬分焦急，笨蛋蘇星南，用定身咒啊！

他想大聲喊叫提醒他，卻又怕上官昧聽到了會惹來麻煩，搔耳撓腮了一會，他「唉」的嘆口氣，咬破指尖在掌心畫了符咒，便衝了出去：「讓開！」

「三清！」蘇星南大驚，正要阻止，湯繼威卻像有後眼一樣，扭過頭去就改變方向往許三清撲。

正合我意。

「定！」

許三清一掌拍到湯繼威頭上，定身咒發作，湯繼威頓時覺得千斤壓身，「啪」的一下趴到在地上，動彈不得了。

第十八章

上官昧目瞪口呆，要不是湯繼威還在發出不服氣的哼哼聲，他真以為許三清一掌把湯繼威給打得頭骨粉碎當場斃命，要不怎麼可能一掌就把他制服了？

「小公子，你這是什麼工夫？」

「咦？」許三清畫在掌心上的符咒糊成了一片血跡，他估計上官昧也認不出，便隨口胡謅，「這是我家傳的工夫，沒有名字，平常都是用來打野豬的，這麼一掌打下去，野豬就不動了。」

上官昧將信將疑，這麼厲害的工夫只用來打野豬？

蘇星南插嘴道：「先把湯公子處理好再聊吧，這工夫不知道能維持多久。」

「還是關牢房吧，我去找湯大人解釋。」上官昧讓幾個官兵過來把湯繼威綁好押到牢房去，忽然，他腿腳一軟，跪倒在地上，「咦？」

「上官昧？」

「上官大人？」

「我腿動不了了。」上官昧詫異地捏著被咬到的那條腿，點了腿上幾個穴位，「我想我可能中毒了。」

「應該不是中毒。」蘇星南試著運功給他逼毒，但血都是紅色的，哪裡像中毒的樣子，「來人，請大夫……」

「我會治。」許三清打斷蘇星南的話，「你把上官大人背進去，我會治。」

「你會治？」蘇星南一愣，隨即明白過來，「好。」

兩人心急如焚地要給上官昧治療，這名傷患倒有閒心好奇：「咦？小公子你不僅會打野豬，還會治野豬咬傷？」

「你少說兩句會死嗎？」蘇星南真是服了，翻了個白眼繼續往自己書房跑，一進屋，許三清便關窗關門，蘇星南把他往椅子上一扔，就跑到書櫃前翻找起東西來。

上官昧看著他們忙活，忍不住問道：「你們這是要救我還是殺我滅口啊，搞得像要躲起來處理屍體似的。」

「上官大人，不瞞你說，這法子還真是用來治屍體的。」許三清關好全部的窗門，才來到上官昧跟前，讓他把傷腿架起搭在椅子上，皺著眉頭苦大仇深地看著他。

上官昧一時之間也被他這認真的樣子嚇住了：「你是說，我中的是屍毒？」

「不是屍毒，是荒毒。」許三清道，「動物死了會產生屍毒，但動物未死，魂魄卻遭到強制分離，就會變成荒魂，荒魂不能與肉體合一，飽受煎熬，時間久了會產生荒毒。」

「許三清，你是修道之人？」上官昧眉頭一皺，轉向蘇星南，「你早就知道這件事？」

「先治好你再說。」蘇星南知道解釋再多也沒用，正如當初的自己，不親眼見識過，是不會相信這世間真有道法的，他捧來一遝黃紙，一盒朱砂，供許三清施法。

「荒毒是魂魄思念肉體而產生的執念，中了這毒，你的身體便慢慢不受自己的控制，成為那荒魂的傀儡。」許三清見上官昧還是一臉懷疑，便不再解釋，指尖蘸上朱砂，在黃紙上畫好符咒，念誦口訣，手指壓著黃符，把它貼在咬傷上。

針刺一般的痛楚密密麻麻地從脊椎出傳來，上官昧不禁緊皺起眉頭，用力握住椅子扶手，許三清一邊念咒一邊慢慢往上抬手，那黃符隨之升上半空，一道黑煙一樣的氣息從上官昧的傷口處冒出來，緊緊追著那道黃符，許三清劍指一揮，黃符轟然墜地，那些黑氣便像瘋了一般纏住黃符，繞成了一團黑色的氣。

「破！」

另一道黃符擊下，火星四濺，一道尖厲的嘯聲從黑氣中傳出，然後一切便歸於平靜，只剩下一地灰燼了。

上官昧緊皺的眉頭因為痛楚消失而舒展開來，他發現可以屈曲腿腳了，他疑惑地看向蘇星南：「這到底是怎麼回事？」

「我這個新人解釋不清，還是讓師父講比較好。」事已至此，蘇星南只能坦白了。

「師父？」

「對，我是正一教第六百零一代傳人許清衡真人的關門弟子，許三清是也！」許三清吐氣揚眉似的驕傲宣布，但上官昧還是一副困惑的模樣，顯然覺得這身分太過灌水。

「你還是先給我解釋一下這個是什麼狀況吧？」

「剛才那個湯公子，想必是中了什麼邪術，引來了一隻野獸的生魂。」

許三清看向蘇星南，「你還記得我被生魂沖身時的模樣吧？」

「啊！」蘇星南拍了下大腿，「雙目赤紅，力大無窮！的確是很像當時的情況。」

「剛剛離開身體的生魂，就已經有這樣的威力了，那隻沖了湯公子身體的野獸生魂不是剛剛離開牠本來的肉身的，牠應該是被強制抽離魂魄，困在某個地方，日子久了，便成了帶著荒毒的荒魂。」

許三清一邊說，蘇星南的眉頭便一邊皺了起來：「京城哪裡有這等道行的人？而且，你那時候是有陣法牽引才能沖進你身體，湯公子又沒有置身在陣法裡。」

「陣法只是一個引子，就像一個路標，指引魂魄往那裡去，其他的東西，比如信物、丹藥，都可以作為引子。」許三清說著，便把那個瓷瓶遞給蘇星南，「這是湯公子掉的，我想其中一定有什麼奇怪。」

「呃，這只是一些，閨房用藥。」聽得雲裡霧裡的上官昧總算能插個嘴，「他們這些公子哥兒流連勾欄院，這種藥多半是準備跟他們的相好用的。」

「相好？」許三清猛然想起那個詠真，「那個詠真！」

「啊？詠真怎麼了？」上官昧仍是不解，「他不過是雲壇的花魁，頂多算是個假道士，跟你們剛才說的不搭調吧？」

蘇星南斜瞥了上官昧一眼：「咦，上官公子什麼時候開始上南風院了？」

「呸，本官是古往今來第一直男，跟你們這些跟男人出雙入對的完全不一樣！」

這話正正踩中了上官昧的痛腳，原來他自詡風流才子，從前是那些流連花叢的文人雅士之首，卻不知道什麼時候開始，大家都開始追慕起男風來了，還說他這種只懂找女人的跟販夫走卒一樣，不懂真正的風流，不僅摘了他第一風流才子的名號，就連出去尋芳獵豔也不叫上他，是以他十分、極其、無比厭惡斷袖分桃這種事。

雖然蘇星南常常腹誹他是太懶了，找姑娘他躺著也能成事，找小倌只躺著，可就危險了些。

許三清眨了眨眼睛，拉著蘇星南的衣袖問：「什麼是南風院？」

「……就是研究風向天氣的書院。」蘇星南無比正直地岔開了話題，徑直跟上官昧吩咐道，「我們先去雲壇一趟，至於這藥的來頭，就請你多多打探了。」

「我是傷患！」上官昧抗議。

「你是腿受傷又不是腦子受傷！」蘇星南吼他一句，就帶著許三清離開了。

上官昧蹬了兩下青蛙腿哀怨地呻吟道：「你們兩個死兔兒爺，我呸！」

出了大理寺，許三清才惴惴不安地問道：「上官大人是不是不喜歡我跟你在一起啊？怎麼他老是罵我呢？」

「他神經病。」蘇星南言簡意賅。

「他是不是喜歡你，所以嫉妒我？」

蘇星南差點滑倒，哭笑不得地看著許三清：「你沒聽到他說什麼嗎？他是古往今來第一直男，才不會喜歡男人呢。」

「那他到底為什麼老是看不慣我跟你一起行動？」

「他神經病。」

「他神經病？」

「嗯，他神經病。」

「哦，他神經病。」

許三清被成功洗腦了以後，就不再糾結了，兩人很快就到了京城有名的勾欄院——雲壇。

光天白日的時候，雲壇裡的姑娘跟倌兒都在休息，蘇星南拍了好久的門，才有個看門的大漢來開門，狐疑地看了蘇星南的權杖兩眼，才將信將疑地去叫鴇母雲娘下來。

說是鴇母，但雲娘的年紀也不過三十過半，走路時仍是搖風擺柳的，配上一身鬆散的衣衫，頗有些徐娘半老的風姿，她對蘇星南作個揖，算是問好了，蘇星南也不跟她寒暄，直接就說要是公務原因，要找詠真談話。

誰知道雲娘團扇半遮著嘴偷笑了起來：「哎喲，你們這些大人，個個都說是公務的，談著談著就成私務了。」

蘇星南眉尖微蹙：「我要是想尋花問柳，就不會自己來，而是叫妳把他送到府上才對吧？」

「呵呵，我們家詠真可是不出樓的，別說是少卿大人，連……連一些你的上級大人們，也都得紆尊降貴到我們這裡來。」雲娘見蘇星南年輕俊美，又帶著個可愛的小公子，應該也不是要白日宣淫，揶揄了兩句就放過他了，「其實不是雲娘不給你們這個人情，雲娘是怕即使我放你們上去了，詠真也依舊不讓你們見，那這閉門羹可就難看了嘛。」

「他若不開門，那就只好先賠老闆娘妳幾兩銀，修葺門窗了。」

雲娘還是一副「真不知道天高地厚」的不屑笑容，「好，那兩位請自便吧，詠真在三樓最靠近東邊的廂房裡。」

「謝過老闆娘了。」

蘇星南打點過了，便跟著許三清往樓上走，只聽見前頭的許三清小聲咕噥著些什麼，蘇星南便拉住他問：「你說什麼？」

「沒、沒什麼。」許三清臉上「轟」的紅了起來，急急甩開蘇星南的手，「為師問你，你、你怎麼那麼清楚這裡的事情。」

「啊？」蘇星南一愣，撲哧一下笑了，不禁不鬆手，還使了點力摟著他手臂把他拉到身邊來，低頭在他耳邊笑著說，「師父那麼在意，莫非是吃醋？」

「這不叫吃醋！」許三清連忙把他推開，氣急敗壞地說，「我是你師父！你、你是不是童子身，這個、這個對於修行來說，是、是很重要的一個參考因素，我當然要在意。」

「哎哎哎，別這麼大聲。」蘇星南把張牙舞爪的許三清安撫下來，「沒有，我從來都不到這種地方的。」

「可你那麼熟悉……你、你不來這裡，是把她們叫到自己家裡去?!」許三清眼睛瞪得銅鈴大。

蘇星南笑著拂了一下他的眼睛：「你又不是不知道上官昧最勤奮的就是那張嘴了，常常跟我吹噓他當年如何引得秦淮八美為他爭風吃醋，我聽多了，剛才就順口說出來了。」

「真的嗎？」

許三清仍在嘟囔，小臉皺成一團，整一個吃醋的小姑娘一般，蘇星南心神一蕩，把他拉進懷裡低聲道：「我就只服侍過師父你一個。」

臉上「轟」的一下炸紅，許三清使勁推開他，罵了一句「又捉弄人」後，就往東邊廂房跑過去。

反正只有這一條直路，蘇星南也不怕迷路，就由著許三清逃開，自己搖著扇子踱步過去。今天許三清的行為舉止都有點奇怪，蘇星南一開始沒留意，現在才明白了過來。

兩人在上路的身分地位都是平等，但到了京城，許三清只認識蘇星南一個，而蘇星南在京城卻是完全一種身分與生活，許三清就開始覺得陌生，覺得到不安，覺得自己不怎麼瞭解他，甚至，會覺得自己可能要失去他？

想到許三清不想失去自己，蘇星南心情格外開朗，大步流星地來到了東廂房前，卻見許三清神情嚴肅地盯著那道門，如臨大敵。

「怎麼了？」蘇星南皺眉，合攏扇子去敲了敲門，沒有回應，他乾脆推門，卻怎麼讀都推不動。

「門鎖上了吧？」蘇星南說，「我去問鴇母拿鑰匙。」

「拿鑰匙也沒用。」許三清指了指地上一根不顯眼的木材，「門栓都在外面，他怎麼鎖的門？」

「咦？」蘇星南把摺扇展開，從門縫裡劃進去，兩扇門之間的確沒有任何東西連接，那為何竟然推不開？

「你開一下天眼吧。」許三清抬頭看蘇星南，眼神裡薄帶責備，「你明明已經學過道法，卻只是把它當作兒戲玩耍。大敵當前，你仍然只會硬橋硬馬地打鬥，不會想到用定身咒，遇到不尋常的事件，也只是在想定是什麼詭計，卻不會想是否有道法在阻撓。星南，我這個師父雖然只有半桶水，但我也會把那半桶水都倒出來，你將來一定比我厲害，但你守著一池子水，火災時卻不會想到用它滅火，那你幹嘛要學呢？」

蘇星南第一次被許三清訓斥，愣了一會後便慚愧地垂下頭去，他完全沒有反駁，因為他知道他訓斥得對，他拜許三清為師學道法，只是為了打賭的約定，以及圓了許三清的念想，有點兒施捨同情的意思，並沒有真正要把道法運用起來的打算，更沒有許三清那以復興道門為己任的志向。他更多的只是想跟許三清在一起，跟他有個共同的方向，卻沒想到許三清是真正以師父的身分去教導他培養他的，自己還對他心存歪念，就越是慚愧了。

許三清嘆口氣，把他拉開幾步：「你還只是剛剛入門，也許是還沒有意識而已。我相信你以後一定會比我更厲害的。」

「是，師父。」這一聲師父是真正的尊敬，並無任何狎暱之意。蘇星南恭恭敬敬地後退兩步，閉目凝神，開了天眼。

看見了，原來兩扇雕花黃梨木門之間，纏繞這一道道雪白的氣，這些氣不像他從前見過的氣那樣，只是散亂地包圍物件，而是四四方方地凝結在一起，像一道道白氣凝結而成的符咒，緊緊地黏著兩扇門。

「這是我們說的結界，施術者以自己的氣為符，暫時畫出一個封閉的空間，常用來困敵或防禦。」許三清抬手摸了摸那氣符，「我破不開這結界。」

「莫非他在裡頭做什麼勾當，所以……」

許三清搖頭：「你仔細聽。」

「嗯？」蘇星南定下心來，果然聽見一點點細微的念誦聲音，起初在兩人說話聲的掩蓋下幾不可聞，現在兩人都安靜了，才聽見了些零碎的詞語，「太上彌羅無上天，妙有玄真境。渺渺紫金闕，太微玉清宮，無極無上聖……這是早晚課?!」

許三清點頭：「他在做早課，雖然現在不算早了。」

蘇星南大惑不解，許三清說這詠真道行高深，卻自甘墮落，沉迷顛鸞倒鳳，應是個不再修行只管逍遙的敗壞道士，怎麼現在卻布下結界精心做功課，儼然一派修行勿擾的寡淡？

「這人玩的什麼把戲？」

「只能等他做完功課了。」許三清撩起衣襬來，竟也盤腿坐下，左手結雷印，右手作劍印，隨著念起功課來。

蘇星南也乖乖跟著坐下念功課。

裡外三層念誦經文的聲音讓緊纏著木門的結界鬆脫了些許，一會，裡間的念誦聲停了，結界也黯然淡卻，門「吱呀」一聲打開，只見一個高挑修長，黑衣黑髮的男人居高臨下地打量著盤坐地上的兩人，眼睛裡什麼情緒都沒有。

或者沒有情緒也是情緒的一種，心如止水跟心如枯木，不也一樣是什麼情緒都沒有嗎？

「我早說過，看在同門之誼，不要來給我搗亂。」那男人讓開兩步，示意他們進屋，「你們位高權重不怕牽連，我可是怕被人當作道士拿去受刑的。」

「所以你才故意做那些放浪形骸的事情，掩蓋你的身分？」許三清連忙走進屋子去，急急問道。

詠真呵呵一笑：「小朋友，我說是你相信嗎？」

「……不相信。」許三清雖然很想說相信，但要掩蓋身分，乾脆就躲在家中只做個居家道士不是更好，何必糟蹋自己？

「那就眼見為實吧，沒什麼好說的。」詠真隨意往榻上一靠，就算一分肌膚也沒露出來，但見那窄腰一擺，已經是說不出的性感嫵媚了，許三清皺著眉頭嘟著嘴，不知道該怎麼說起，只能盯著他乾瞪眼。

「在下蘇星南，是大理寺少卿，請問閣下是否認識大理寺推丞大人的公子，湯繼威？」蘇星南看著他們兩人，一個不在乎，一個乾著急，只能官腔官調地問起話來了。

「哦，是我榻上客之一，怎麼了？」詠真一邊回答一邊拿手指繞著頭髮玩。

「他因為服食不明藥物，發起了癲病，我想請問一下平常你們是否會用藥，如果有，請給我帶回去作個檢查，以防萬一。」

詠真搖頭：「我才不用那些下三濫的手段呢，不信你問問跟我好過的，誰不是被我弄得淋漓盡興的？」

這話說得毫不羞恥，許三清臉都紅了，一半是羞的，一半是怒的，他大聲質問道：「你有這樣的修為，為什麼不走正途，卻在這種地方自甘墮落?!」

「自甘墮落？不走正途？」詠真瞄了許三清一眼，指尖一勾，許三清便不受控制地往前撲倒，在他榻前跪下了，「你是道士，我就跟你用道士的方法說明。你告訴我，道家根本是什麼？」

許三清覺得身上被壓了千斤重物，無法動彈，詠真指尖一勾就給他來了個定身咒，他連個起手都沒看見就中了招，這道行實在嚇人。

蘇星南想上前，卻也被詠真指尖一點，定在了原地。

「人法地，地法天，天法道，道法自然。」詠真一根手指勾起許三清的下巴，盯著他黑亮的眼睛說道，「一切順應自然而行，不傷人，不害己，便是大道，我天性淫蕩，就是必須要被男人操。那我順從自己欲望，不去勾引良家丈夫，待在妓院跟那些本來就是要尋風流的男人結合，我願意，又不害人，到底哪裡自甘墮落，哪裡不是正途了，啊？」

「雙修……之法……不應，找外人……」許三清被詠真瞪得脊背生寒，卻仍堅持反駁，「找外人，會讓別人覺得，道門門風敗壞，只能找，同門摯友……」

「我也想啊，可這不是沒有嗎？」詠真彎起嘴角笑笑，指尖拂過許三清那細微的喉結，「要不，你跟我來？」

「妖道放肆！」蘇星南忍無可忍，渾身真氣鼓動，衝破定身咒，一把扭住詠真的手腕把他甩開，「休得對我師尊無禮！」

「哦？你師尊？」詠真挑了挑眉，「你師尊還沒有破得到我的定身咒啊，看來你青出於藍嘛。」

「……師父。」蘇星南不管詠真挑撥離間，咬破指尖在許三清額上一點，破了定身咒，扶他起身，「何必跟這種人爭論？」

「順從自然，不等於在欲望裡沉溺。」許三清站起來，不覺握緊了蘇星南的手，「我知道肉欲能給人無上快感，那一刻彷彿萬物皆是浮雲，不必掛懷，但過去以後呢，該存在的問題還是會存在的，不去解決，只不停地追求那一瞬忘懷，便是沉溺。」

「小道士，你是哪個話本看來的道理啊？」詠真打個呵欠，「既然肉欲本身那麼快樂，我只追求快樂，有什麼不對？」

「你非要如此說自己，我也沒有辦法，但只求你以後不要打著道長的虛名辦那種聚會。」許三清站好，「還有，不要害人。」

「我真的沒有做任何邪丹妖藥。」詠真難得認真回答道，「憑我道行，把他們吸乾都行，何必浪費時間做那些丹藥，招人話柄？」

「如此，那便打擾了。」蘇星南作個揖，就扶著許三清出去了——雖然他強作鎮定跟詠真理論，但他握著自己的手在發抖。

詠真看著兩人離開，揮了揮衣袖把門砰的合上，然後拿起一個滿是橫豎刮痕的竹簡，指甲化作利鋒，刻上了一道橫痕，穿過四道豎痕，「一百年十個月零五天。」

第十九章

「三清，你別管他了，夏蟲不可語冰。」蘇星南討好地拉著許三清到了一個茶樓裡請他吃點心，「你也警告過他了，他偏要如此，你並沒有責任。」

許三清搖頭：「不是，他看著我的時候，明明眼睛裡就有一股怨憤，他一定也不想這麼做的，但他不願意讓別人分擔，我覺得他很可憐。」

「不是都說可恨之人必有可憐之處嗎？」蘇星南給他夾了幾塊糕點，「先吃東西，你從早上跑到現在，也該餓了吧？」

「我也沒什麼胃口，再叫三屜包子就夠了。」許三清一邊搖頭一邊把蘿蔔糕塞進嘴巴裡。

蘇星南寵溺地笑笑，又叫小二上了三屜包子。

兩人吃飽喝足了，許三清說累了要先回家，蘇星南便打包了一些糕點回去大理寺「慰問」傷患上官昧大人。哪知道一進書房，便看見他捧著個銀色小碗喝瑤柱元貝海鮮湯，一屋子都是饞得人流口水的鮮味，讓蘇星南的計畫徹底落空了。

「上官大人，驕奢鋪張的習慣不好啊，皇上不是正號召要節儉節約，為河南水災的人民省些口糧嗎？」蘇星南深深不忿地把那一包相形見絀的糕點隨手放下，「這湯熬得不錯嘛，老夫人又來探望你了？」

「九代單傳就我一個兒子，受傷了來看望我不是很正常嗎？你以為我在家裡跟你一樣悲慘啊？」上官昧毫不留情地直戳蘇星南痛處，放下銀碗的同時，把鋪在案上的書卷收了起來，「我把這案子上報了，寺卿大人說這案子讓我來辦，你可以撒手享福了。」

「嗯？」蘇星南皺起眉來，上官昧沒把工作推他身上，這事太離奇了，「你查到了什麼東西是我不適合插手的嗎？」

「不想激化你們的家庭矛盾，總之，在真相大白前，你就別管了。」上官昧站起來拍拍蘇星南的肩，「寺裡案子多得是，你覺得愧疚就都接過去吧。」

「既然是公務安排，我當然服從，不過，」蘇星南想起詠真來，不禁憂心，「你已經見識過三清的道法了，剛才我們去見那詠真，也證明了他非是等閒之輩。」

「哦，如何個非凡法？」

「有可能是讓湯繼威變成那樣的罪魁禍首。」蘇星南道，「能讓魂魄離體，囚禁起來煉成荒魂，你這個九代單傳的可得千萬小心，不要絕了你家香火。」

上官昧伸個懶腰：「多謝提點。」

「那我回去了。」

蘇星南該說的都說了，他也知道上官昧在頑固這一點上絕對輸自己九條街，要是遇上什麼妖孽絕對不會像自己那樣硬扛，而是大聲呼救，就不再贅言，回家看許三清去了。

還沒進門，只見一個小僕便急沖沖地跑了出來，一眼看見蘇星南便飛奔過來跪下帶著哭腔稟道：「蘇大人你可回來了，許公子他、許公子他……」

「三清怎麼了？」蘇星南大驚，揪著他就往屋裡走，「他在哪？」

「在房間裡！」小僕急急跟上，「許公子回來就回了房間，一直沒出來，到晚飯時間我們去叫他，他沒回答，才發現他口吐鮮血，暈倒在房間裡了！」

「快請大夫！」蘇星南快步來到許三清房間，只見許三清被小僕們扶了上床，正給他擦嘴邊的血，他奔到床頭，握住他手腕搭脈。

氣息錯亂，脈搏異常，若是練武之人有這現象，定是練功過急，真氣反噬，但許三清武功很差，倒是道法有些根底，但道法是怎麼回事他反而拿不准了，只能試著以掌心相抵，緩緩把細微的真氣渡過去。

真氣沒有衝突，許三清那紊亂的真氣被蘇星南微弱而穩定的氣息牽引著，慢慢恢復正常流動，許三清眼睫顫抖了幾下，皺著眉頭吃力地睜開眼。

「三清？」蘇星南緩慢地收了真氣，「你怎麼了？」

「沒什麼，真氣反噬，咳咳。」許三清一咳便咳出一口汙血，染了蘇星南一袖子，「啊，對不起。」

「還說什麼對不起，快躺下！」蘇星南回頭叱喝，「大夫還沒來嗎？」

「剛發現許公子暈倒我們便派人去請了，應該快到了，大人勿急。」小僕拿來毛巾給他擦拭，但蘇星南接了毛巾，便去給許三清擦臉。

許三清看著蘇星南，張了張嘴巴，又看了看幾個小僕。

蘇星南會意：「你們先出去，大夫來了再通傳。」

「是，大人。」

小僕們什麼都沒問就出去了，蘇星南又檢查一了下門窗，才回來跟許三清道：「你想跟我說什麼事？」

「我想跟你說，這裡沒發生什麼事。」許三清撐著床板坐起來，「我剛才只是想試試能不能請師父的魂魄回來，結果失敗了，才被真氣反噬。」

「這還叫沒發生什麼事？」蘇星南扶他起來，看他臉上一片死灰，不覺心驚肉跳，「招魂這麼大的事情，上次你還要找蘭一這樣道行的來掠陣，這次就你一個人？」

「咳咳，那是我師父，跟別人不同。」許三清乾咳兩聲以後，臉色也恢復了些生氣，「可是怎麼都招不到，大概他老人家投胎去了。」

「這麼多年了，你怎麼現在才想要打擾師公呢？」蘇星南皺眉，「你自從到了京城，就很不對勁。」

許三清一愣，低下頭嘟囔：「我只是想問問他老人家，當初遺言有沒有說完整而已。」

「嗯？」

「師父說，讓我找回門派遺失的寶物，重振道門聲威，還說只要我努力不懈，一定能遇到同心同德的人，大道不孤。可是、可是我覺得我這道路上很孤零零啊。」許三清扁起嘴來，「從前只有我一個，後來遇到蘭一，但他只想成仙，現在遇到一個幾乎成仙的詠真，也不能認同我的做法，就連你這個徒弟，也是我死皮賴臉地求回來的。」

「人各有際遇，即使同修一門學問，也會有很多不同的出路，莫說是道法這麼玄妙的事情，即使是平凡的聖賢書，有人是為了考取功名而讀，有人為了文采博達而讀，有人為了開啟民智而讀，也有人只是為了一己興趣而讀。」蘇星南坐正了身子，認真而誠懇地看著許三清的眼睛，「但無論是因為什麼而讀書，到底他們也是盡心盡力地在自己的道路上用功，道法也是一樣吧。你想要繼承道統，蘭一想要超脫凡俗，詠真……雖然不知道他是為了什麼，但看起來他自己挺樂意的。你們都在用自己的方法去走出道門的各種方向，能讓一件事情長盛不衰的方法，就是讓它變得盡可能的多姿多彩。百家爭鳴，總比一言堂要好吧？」

許三清眉頭還是皺得能夾死蒼蠅：「聽不懂。」

「呃！」蘇星南揉揉眉心，決定換個比喻的方法說明，「就比如有兩家酒樓，一家只賣拈花餅，一家不光賣拈花餅，還賣蘿蔔糕、棗泥糕和白糖糕，你說是哪家酒樓的客人會比較多？」

「那當然是糕餅種類多的那家啊！」

「對，所以還能有這麼多不同的發展方向，才能讓更多的人來學習。不然大家都以為，學道就得跟你一樣清心寡欲，只想著如何除魔滅妖，多無聊啊。」

許三清不滿地嚷嚷起來：「除魔滅妖一點都不無聊，多刺激啊，你看那次找玉靈，你都被打吐血了。」

「咳咳，往事不提，往事不提。」蘇星南看許三清的神情已經緩下來了，便揉揉他的頭髮，扶他躺好，「你什麼都別想，待會我讓大夫給你開個養氣強身的方子，你只管睡覺，睡醒了就吃東西，吃飽了就吃藥，知道嗎？」

「徒弟倒管起師父了。」許三清嘴上嚷嚷，人卻是乖乖躺下，讓蘇星南給他蓋好被子。

「弟子侍候師父，天經地義嘛。」蘇星南笑了，刮刮他鼻子，起身離開了。

許三清慢慢把頭縮進被子裡，整張臉都熱了起來。

——啊啊啊，那種走火入魔的感覺又來了！

許三清紅著臉碰了碰自己腿間，忍不住「嗯」的小聲呻吟起來。他趕緊一手捂住嘴，一手伸進褲子裡頭，握住了便開始揉搓。

快點出來啊，要不待會大夫來了，看見自己這個樣子，可就丟臉了。

許三清雙腿緊繃，咬著手指不讓自己發出聲音來，腳指頭都蜷了起來，像一隻煮紅了的小蝦米，渾身都散發著誘人的香氣而不自知。

前端的小孔張了開來，清液汩汩溢出，然而更多的蓄在越來越沉實的果實裡，怎麼都無法宣洩。

許三清在被窩裡轉了個身，趴在床單上，扯開胸前衣服，貼在那繡花床單上扭動，讓那圖案繡線搔刮著胸前，直到兩點乳珠紅硬起來，帶來刺痛的酥麻。

——他是怎麼就知道了搔刮那裡會得到更強烈的快感的？

一個快速閃過的念頭，未及思考便被洶湧而上的高潮蓋過了，許三清嗚咽一聲，兩手使勁擠揉起來，柱身已經翹得微微顫抖起來了。

不行，還是不行啊！許三清痛苦地扭著腰，被角被他掀起了一點點，正好看見蘇星南給他擦臉的手巾，掛著一絲血紅搭在椅背上。

「嗯唔……」心裡閃過蘇星南的名字時，便覺得他臨走時那一刮，穩穩地刮在了那翕張的小孔上。

一洩如注。

許三清喘著氣，連忙跳下床把床單扯了下來，一股腦兒地團成一團，才趕緊洗了手，擦擦床板躺回去。

唉，原來這事自己一個人做這麼痛苦啊，難怪大家都要找人雙修，不自己一個人修了……呸呸呸，亂想什麼呢！

許三清翻個身，困乏湧上頭來，還沒等到大夫來，就睡著了。

再說蘇星南，他從許三清房間離開後，便徑直進了書房，他一邊翻閱公文，一邊心緒萬千。

那些千頭萬緒的想法繞到最後，他嘆口氣，在白紙上寫起字來。

『世間安得雙全法。』

下一句他不會寫了。

許三清是那麼執著要行他的大道，甚至可以冒險做一切事情，道行不夠也敢單挑玉靈，不會游泳卻跳河追自己，招魂不成反被生魂沖身，口才不夠常常被別人繞進去，就連想見一見自己的師父，也搞得自己吐血暈倒。

他沒有資質，沒有天賦，沒有貴人，沒有運氣，三餐不繼，還常常被不明就裡的人反咬一口，明明自己幫了人，卻反而受汙衊。

然而他從來沒有想過放棄，他從來都是驕傲地拍著胸脯說我是正一教的傳人，我要光復門派，重振道教聲譽。

不能，他不能因為自己的私欲壞他道行，讓他的驕傲蒙汙。

蘇星南長長地嘆了口氣，放下筆，把那白紙捲了起來，放到燈火上，任由火焰把它吞噬。

燒了吧，那些大逆不道的想法，都燒了吧。

蘇星南在書房裡一坐便是一宿，直到天濛濛亮了，才稍事梳洗，往大理寺走去。

上官昧伸著懶腰進官署，愣了一下，用力揉了兩把眼睛：「喂，蘇大人，我沒走錯書房啊，這是我的辦公地方，你怎麼走錯了？」

「我沒走錯，我是來找那丹藥的資料的。」蘇星南皺著眉頭從一堆亂七八糟的書卷裡抬頭，「你的書櫥也太混亂了吧？」

「這是亂中有序，只有主人懂得，不信，你隨意講個年分月分我一下子就能把那卷案找到。」

「十年前的八月分。」

「哈哈哈，你不是要找丹藥的資料嘛，研究十年前的東西幹什麼呢？」

上官昧往椅子上一癱，抄起蘇星南放在桌子上的摺扇扇風，「那丹藥我找藥盧大夫檢驗去了，你在這裡也翻不出什麼來。」

「我是怕大夫驗不出什麼來，」蘇星南聞言，便不再翻找了，「我去過監牢，湯繼威還是跟之前一樣，四肢爬行，打轉吼叫，分明是困獸鬥。雖然他也吃熟食，但總不能讓他一輩子這樣。」

上官昧斜眼看他：「不是叫你別管這事了嗎？」

「你有你查那丹藥從何而來，我有我救人，不衝突吧？」蘇星南聳聳肩，「待會你把那丹藥給我一點，我給三清看看它有沒有什麼奇怪。」

「你真的當道士了？」上官昧皺眉，難得嚴肅起來，「你不止嫌棄烏紗帽子重，還嫌棄你的人頭重啊？」

「你不說我不說，就沒人知道了。」蘇星南搶回摺扇道，「你不會出賣我的，否則就損了你家陰德，說不定就生不出兒子了。」

「這詛咒太陰毒了，你一個修道人這麼刻薄沒問題嗎？」上官昧笑笑，從懷裡掏出來一個油紙包，「大夫說只是一些普通的煉丹材料，沒有什麼讓人產生幻覺或神智錯亂的東西。」

蘇星南抬了抬眼眉，能讓上官昧清早去找大夫瞭解清楚，看來這丹藥的來歷不小。心頭閃過一片陰霾，他皺著眉頭拿過那油紙包，打開來，開了天眼查看那一片已經碾成了粉末的丹藥。

虛空中慢慢顯現出些淡薄的氣息，果然是內含魂魄之力的丹藥，難怪服下後被荒魂沖身。蘇星南集中精神，想看清楚那荒魂本是什麼動物。

那跳動著的紫紅的氣息讓蘇星南詫異了一下，他曾看過門教典籍，動物的魂魄一般與其生活環境、皮毛顏色相近，是安靜的流動不大的氣息，但人的魂魄則呈現更加活躍的狀態，而顏色也不盡相同，平常人呈現一種朦朧的白色，大惡之人呈灰色，修真之人呈藍色或金色，紫色乃大善之人或天子龍氣，但這紫色中又帶著象徵殺孽的紅。

怎麼回事，那荒魂不是動物是人？而且是個大善人？

若有皇子被捉走做這殘忍的事情，朝廷不可能沒有一絲風聲，所以只能是某個沒有權勢的善人了。

蘇星南把意思整理了一下，跟上官昧說了，上官昧眉頭緊皺：「你說，也有可能是皇家子弟？」

「嗯，但這個可能性幾乎沒有吧，我們所認識的皇子們不都好好的？」

「那你家算不算呢？」

上官昧這一問倒是把蘇星南問住了，他家只是冊封的，與皇族並無血緣，那能算是皇家嗎？

「這個，我可能得問一下三清。」

「蘇星南，其實你知道為什麼要讓你迴避此案的。」上官昧嘆口氣，「雖然我可以睜一隻眼閉一隻眼，但你……」

「我真的只為救人，其他的事情，你該怎麼辦就怎麼辦。」蘇星南握緊了扇子，「反正師徒關係不在九族之中，誅九族就誅九族吧。」

「你這話說得……好像一定是他一樣。」上官昧提醒道，「別忘了你師父說過，這事情得有很高道行的人才能做到的，他就算對此有研究，能有這種修為嗎？」

「言下之意，你要找詠真？」蘇星南皺眉，「那人惹不起。」

「蘇星南，我們是大理寺少卿啊，只要有案子，惹不起也得惹啊。」上官昧看他一臉淒風苦雨，輕嘆口氣，「你從前可不是這樣的。」

「我從前怎麼樣？」

「驕傲自負，目中無人，天上地下就老子一個人是對的。」

「喂！」

「也就是十分自信，一往無前，決不為這種惹不惹得起的問題而煩惱。」上官昧瞇起眼睛來，本來就是單眼皮吊梢眼，現在看來更像一隻白面狐狸了，「也許你拜師學藝以後見識了很多讓人心驚膽顫的法術，但最絕望不過死，最慘烈不過生不如死，這些酷刑，不必鬼神，人也能做到的，我們之前連順親王都查過，你何時說過惹不起？」

「我……」蘇星南心裡一震，亂了，他整個人都亂了，不僅不能體會許三清的道義，就連查案執法的公正嚴明，也被迷障一樣蒙上了，他低了低頭，深吸一口氣，抬頭昂首道，「好，查就查，大不了就變成荒魂！」

「這才對嘛。」上官昧拍拍他肩膀，「事不宜遲，帶路吧。」

「等一下我不是不能查這個案子的嗎？」

「你不說我不說，就沒人知道了嘛。」以子之矛攻子之盾，上官昧笑迷迷地看著蘇星南，這招可不是只有你會啊。

第二十章

「哎呀蘇大人啊，你天天大清早來找人問話，我這裡還做不做生意啊？」

雲壇裡，這次雲娘沒有那麼好脾氣了，皺著眉頭埋怨道：「你們來一趟，外頭閒話就多一點，大家還以為雲壇惹上了什麼官非，都不敢來光顧了。」

「抱歉打擾了，但此事關係甚大，唯有請雲娘多加包容了。」蘇星南跟雲娘打著官腔，上官昧卻眼珠流轉著打量著這聞名遐邇的勾欄院，雲壇雖然男女都有，但到底還是南風比較出名，是以上官昧並未來過。

本來只想出趟公務，現在反而能了了私心，甚好甚好。

「這是最後一次了吧？」又勸說了一會，雲娘才勉強答應為他們作說客——這次許三清不在，蘇星南擔心詠真不願見他，又弄了一個結界出來。

「呃，如果沒有別的線索……」

「那就是還有下次？」

雲娘非常不滿，蘇星南正要繼續周旋，上官昧一步踏上前，推開蘇星南擠了過來，眉眼一彎往雲娘笑了笑：「那，要不下次讓詠真到大理寺去，然後我就來找老闆娘妳喝酒？」

雲娘一愣，她是風月老手，本不致於被少年郎君一個媚眼便魅惑了，但她當了主事婆以後就少有人向她勾留，而且一直是在談正事，冷不防被上官昧呵了一口熱氣在耳邊，頓感心頭悸動：「哎，喝什麼酒嘛，到這裡喝酒找姑娘去，哪有找媽媽的理由？」

「竹葉青哪有女兒紅的醇厚呢？」上官昧手一勾搭上雲娘的腰，「可惜這次要先處理公務，我趕快處理完公務，雲娘陪我喝一杯如何？」

雲娘臉上一紅，啐他一口拍開他的手：「欸，這位大人好不規矩！奴家不管你們了，自己進去吧！」說著就把詠真房門一開，徑直跑下樓去了。

「上官大人果然是風流才子，寶刀未老啊。」蘇星南斜瞥一眼上官昧。

「呸，你才老，本官風華正茂呢！」上官昧在門口站著不動。

「怎麼，你不進去？」

「呃，你說過這人很厲害，你先請。」

「……是誰說為了追查真相什麼都惹得起的？」蘇星南白他一眼，在門口做了個禮，門前擺放著一道水墨屏風，擋住了視線，不知道詠真此時是否正準備把他們攆出去，「在下正一教門下弟子蘇星南，有事請教道友，可否進入一見？」

水墨屏風「嗖」的一下來到兩人身後——不，是他們兩人「嗖」的一下進了房內。詠真正半倚著美人榻，眉眼斜挑地看著他們：「怎麼今天不是大理寺大人，是正一教弟子了？」

「先前多有冒犯，請道長見諒。但在下有一物，請道長明示。」蘇星南把那丹藥粉拿出來攤在桌子上，「此物真的不是你的傑作？」

詠真看見那堆藥粉時，眉頭明顯一皺，但卻很快鬆開了：「這引魂丹不是我做的。」

「你看一眼就知道這是什麼啊，好厲害喔。」被晾在一邊的上官昧可看不慣蘇星南那恭敬的模樣，冷不防地插進嘴來。

詠真眼一勾掃了掃上官昧的臉，誇張地搖搖頭：「蘇大人，我還是覺得那小道士可愛一些，這白面狐狸有什麼好的。」

上官昧針鋒相對起來：「會查案的白面狐狸也比只會勾男人的狐狸強。」

「咳咳，上官昧你少說兩句。」蘇星南連忙用扇子展開擋住上官昧的臉，「詠真道長，你認得這是引魂丹，那你一定清楚此物的來歷吧？」

詠真站起來，搖搖擺擺地走過來，拿指尖抹了一些粉末，伸出舌頭舔了舔，眉頭一皺，「呸」的一下吐了出來：「失敗之作就算了，還封著個噁心的東西，髒死了。」

「請前輩指教。」蘇星南連忙雙手作揖，上官昧也忍著不反駁，垂下頭來，作了個抱拳請教的動作。

詠真眼睛往上官昧臉上一剜，目光定在他唇上，好像巴不得把他那憋著一口氣的嘴給啃下來一樣，他冷冷哼了一聲：「引魂丹就是引魂丹，只要隨便封些東西的魂魄進普通藥丸裡，以對應咒法驅動，就能把一切魂魄附身到吃了引魂丹的人或動物身上。不過這藥做壞了，裡頭封的是檮杌，那東西髒死了，噁心死人。」

聽到「隨便封些東西的魂魄進去」時，蘇星南跟上官昧還以為真的那麼簡單，可聽到傳說中的上古神獸檮杌的名字時他們就凌亂了。

「這還能算是隨便？」

「真的有檮杌存在？」

兩人同時反問，詠真往上官昧作個「沒見識」的鄙視眼神後，才對蘇星南說：「如果你自己家的狗死了，你捨不得牠，想讓牠附身到別的貓狗身上，那只要用獅子老虎作引魂丹就好，如果你家貓溫馴一些，那找隻豹子也差不多了。」

「意思是，要附身的魂魄越強大，那就得用比牠更威勢的靈魂作引魂丹？」蘇星南明白過來「隨便」的尺度了，「要附身到人身上的，不過也是人吧？什麼人的魂魄竟然強大得要用神獸的魂魄作引魂丹?!」

上官昧眉頭緊皺：「魂魄只能附身到本來的動物身上嗎？不能是神獸的魂魄附身到人的肉身上？」

蘇星南搖頭：「魂魄有魂魄之力，一個人只能承受一個人的魂魄，我見過許三清被另一個魂魄沖身，當即發狂，我一個人無法把他制服，而你也見過湯繼威了。若是神獸的靈魂要附身到人體上，我想沒等到牠完全納入那人身體，那人肉身就爆炸了吧？」

「喲，你真的是有在學習啊？我還以為你只是跟他雙修而已呢。」詠真見蘇星南說出這番話來，十分意外，「現在還有人正經八百學道，還是個當官的？有趣、有趣。」

「……家師雖然年紀小，但他一心向道，我自然要好好學習。」蘇星南心裡苦澀，但臉上一派自然，「能否請道長明言，這引魂丹，最有可能是為什麼而做的？」

詠真見他一本正經的，便不再調侃了：「要安置一個龍族的靈魂。」

「你是說真的龍，還是皇家之人？」上官昧大驚。

「這位大人耳背啊？」詠真還是那樣挑著眼眉看他，「剛才蘇大人不是說了，只能是人的魂魄附身到人的身上了？」

「荒謬，當今聖上福澤綿長，所有后妃，皇子公主均聖體安康，何故要附身他人？」上官昧呵呵一笑，就對蘇星南說，「得了，我們走吧。」

「等等！」蘇星南拉住上官昧，「詠真道長，多謝賜教，最後一個問題，請你務必回答。」

「你問你的，我愛答不答。」詠真從鼻子裡哼了一下，一甩衣袖就往床榻走去。

「服食了這失敗的引魂丹，該如何治療？」

「驅魂而已，你師父也會的。」詠真轉身在床上坐著，黑色的衣袍鋪了開來，在照進窗戶的陽光映照下，閃現出兩條盤纏交尾的蛇紋圖案來，「你可以走了。」

「多謝前輩……」

「但他要留下。」

詠真說著，猛一揮衣袖，蘇星南只覺渾身骨骼粉碎了開來，幾乎失去知覺，定過神來，才發現自己身在一處山林中。

——只有他一人。

「糟，上官昧！」

蘇星南想起湯繼威的慘況，連忙跑到外頭，可一腳踏出，他就哭笑不得了。

他這個路痴不認識路啊！

「我說的話荒謬？」

詠真伸出格外修長的食指來，繞上官昧喉結打了個圈：「我做事更加荒謬呢，大人要不要試試？」

「……咳咳，我知道，這個叫什麼，雙修是不是？」上官昧強作鎮定——去你的鎮定！哪個大男人大字躺著不能動彈的時候能鎮定的，「我對男人沒興趣，你去找蘇星南，他好這口，還是道士呢，找我一個凡人沒用啊！」

詠真笑了，這死道友不死貧道的做派，讓他久違地想起些情欲以外的樂趣：「大人你出賣同僚也出賣得太快了吧？」

「你脫我衣服也脫得太快了吧？」上官昧下身一涼，褲子跟裡褲都被褪了下來，「我真不能……喂！」

「我不叫喂，我叫詠真。」詠真笑了，跨坐到上官昧身上，彎下腰去在他耳邊呵氣，「你不是說要趕快處理完公務喝兩杯花酒嗎？我來陪你喝啊？」

「你這是幹什麼啊，討厭我，看我不順眼，還要跟我交歡？」上官昧深呼吸一口氣，緩緩施展開他雄辯聖手的口才來，「我知道我一進門就跟你嗆聲，你很不高興，你要打我揍我的話，悉隨尊便，但這肉體交纏的事情，不是你情我願，有什麼樂趣呢？你這樣，不是平白讓我占便宜了嗎？」

「哦，我倒是覺得，要折辱一個人，打罵是最低等的手段，毀了他的尊嚴、原則、底線，那才是最有成就感。」詠真抬手拔下髮簪，一頭黑髮傾瀉而下，身上的黑袍也同時滑下肩頭，漆黑與玉白交替，十足勾魂攝魄，「你的底線在哪裡呢，上官大人？」

「你為何要這樣作賤自己？」上官昧皺著眉頭問道，「你就沒有試過因為真心憐愛一個人，才跟他翻雲覆雨？」

「虛偽！」詠真目光倏然收攏，撐起身子來居高臨下地盯著上官昧光裸的下身，「有人嗜甜，有人好辣，那我就是喜歡這床笫之事，你們憑什麼一個個來說我自甘墮落?!」

上官昧哭笑不得：「床笫之事是男人都喜歡啊，但做之前，先要找到那個喜歡的人啊，不能跳過步驟啊，就像寫文章，總不能一下筆就寫結局吧？」

「哦？你好像有點說動我了。」詠真一邊說，一邊把那赤紅色的腰帶解開，隨手一丟，黑色的衣袍便散了開來，鎖骨，胸膛，腰線，小腹……

上官昧不敢往下看了：「沒什麼、沒什麼，你自去尋你喜歡之人，我只愛美女，道不同不相為謀，做個平常朋友就好了嘛！」

「嗯，我說要放了你嗎？」

詠真不脫衣袍，任它鬆鬆散散地披在身上，他一手兜住那垂軟之物，不緊不慢地揉弄起來，他指節修長，動作優美，臉上一副慵懶淡漠，全然不像正在給人做手活。

上官昧頓時失聲，他本來就不是什麼正人君子，被詠真幾下撩弄，便精神百倍地挺立起來，十分顯眼。

「嘖，虛偽。」詠真輕蔑一笑，指尖繞著前端轉了幾圈。

上官昧臉紅耳赤：「生理反應，純粹生理反應！」

「哦，那就用生理的方法解決吧。」

詠真抬起手臂，把黑髮撥到脖子一邊，好像為了仔細觀察而湊到那物事跟前，指尖撐開頂頭的皮膚，舔了一口：「嗯，挺乾淨的。」

上官昧臉上紅得要冒煙，他想一腳把這妖孽踹開，卻不能動彈，只能氣急敗壞地罵道：「妖道，快放了本官！」

「嘖嘖，都這樣了，還死撐。」詠真沉下身子，兩人光裸的下身貼在一起，他都能感覺到上官昧那根東西在微微顫抖了，「痛快點吧，上官大人，做不做？」

上官昧雙目圓瞪，脖子一梗，咬牙切齒，士可殺不可辱！

「不做！」

「哦，那就我做了哦？」詠真說著，兩指便順著他股縫滑了進去。

「等等！」上官昧欲哭無淚，「現在可以反口嗎？」

「嘖嘖，虛偽。」詠真第三次罵他虛偽。

然後他挪動身子，扶著上官昧那精神抖擻的傢伙，緩緩坐了下去。

上官昧只覺被捲進了一處極樂，明明未做前戲，這道士的身體卻柔軟得彷彿早就在等待他進入，一下就把他整根吞沒，囊袋直貼在穴口，濕漉漉的都是淫水。

詠真微微仰起頭，似乎十分享受被男人撐開身體的感受：「你的底線呢，上官大人？」

上官昧羞憤難當，詠真內裡如絲絨綿綢，一陣陣纏磨著他，他也搞不清楚自己是想按住他死命肏弄，還是想踹飛他保護貞操了。

但無論他想怎麼樣，當下他都只能難耐地喘氣，天靈上幾乎要冒出煙來。

「你想我怎麼樣呢，上官大人？」

詠真微微抬起身子，一邊抵住他小腹提動腰肢，讓後穴吞吐上官昧的陽物，一邊懶洋洋地呻吟：「嗯……嗯唔……上官大人，再變硬點吧？」

上官昧完全聽不進詠真的淫詞豔調了，只覺自己被裹在溫軟無比的天堂，甬道裡的嫩肉如同有知覺一般廝磨著他，貪婪地擠壓他冒出更多的液體。過去所有的風月加起來都不及這一吮一吸的銷魂，每一次詠真抬起身的時候，他都巴不得追上去，狠狠往裡頭捅。

上官昧口乾舌燥，不停地舔著嘴唇，呼吸間全是滾燙的氣息，灼燒著每一寸肌膚。

詠真也越來越爽利了起來，渾身泛起了紅潮，騎乘本就是他喜歡的姿勢，能完全靠自己掌握深度跟速度，但過去的男人總熬不到他舒服就把他掀翻了，這回先用了定身咒，上官昧便安靜得如同木頭人——卻也不全是木頭。那根東西越來越堅硬，跳動著的脈搏也十分精神，不自覺地戳弄到他銷魂的所在，讓他忍不住扯著頭髮呻吟，裡頭的淫水一陣陣地冒出來，陽物搗弄間，弄得兩人下身毛髮一片淋漓滑膩。

詠真如同得了一款上好的角先生，忍不住換著方式吞吐，或夾緊他廝磨自己銷魂處，間或以陽具的稜角搔刮肉壁，甚至全出全盡地一次次把對方吞至最深，頂得自己小腹上都突起一塊圓潤的隆起。他氣喘吁吁地扶著上官昧的腰，把自己玩得全身酥麻，汁液橫流。

上官昧眼前一片黑白交錯，已然不知自己在地獄還是天堂，陽物被折磨得紫紅暴脹，但詠真的手法很是高明，總在他要高潮的瞬間便放緩動作，俯身吻他的鎖骨，隔著衣衫撫摸他胸前乳點，直到把他安撫下去了，又再激烈地開始自得其樂的探索。

「嗚嗚……」他終於發出了一聲呻吟，似哭又似叫。

「情愛之事，本是自然，你情我願便好，幹嘛偏要管束？」

耳邊如琢如磨，詠真輕輕咬著他的耳垂，舌尖勾進他耳廓裡，牽引著他的手握住自己昂立的分身。

上官昧突然張開眼睛，眼神一片空茫。

「若你真是情願，那就好。」

一句話輕飄飄地落進詠真耳裡，他不禁渾身一顫，加快了摩擦的速度，一口咬住了上官昧的喉結，餓狼一般要把上官昧拆食入骨。

「上官大人，你現在……可對我……有一點憐愛？」

詠真一邊扶著他肩膀聳動身體，一邊斷續著問，但上官昧已興奮到了極點，神智一片混亂，只餘最原始的的本能在沸騰，即使不能動彈也能感覺到他渾身怒張的氣息，等待那千鈞一髮的高潮到來。

詠真暗笑自己多嘴，不再說話，後穴配合著積極地吮吸著上官昧的陽物，自己也加緊了手上動作，他微張著嘴，大腿內的肌肉都已經顫抖了起來。

上官昧猛然雙眼一瞪，竟衝破了定身咒，一把抱住詠真的腰一按，陽物狠狠頂進了詠真體內，詠真驚叫一聲，手中玉柱被這意外追加的抽插攻擊得潰不成軍，雪白的情液噴發了出來，全糊在了兩人小腹上。

詠真瞇著眼，仍握住柱身不停套弄，射了幾次才把積存的液體都吐盡了，而上官昧也早已在他高潮時急速收縮的腸壁裡一瀉千里，濃濃的白液灌滿了詠真體內，稍一動作便沿著腿根往下流淌。

上官昧失魂似的瞠目結舌，久久說不出話來，詠真一邊揉著頭髮一邊緩緩抬起身子，陽物脫出時發出黏膩聲響。

上官昧心如擂鼓。

詠真歇了半晌，上官昧好像看見他與自己交合的地方隱隱發出一些白潤的光澤，只當是自己情迷意亂眼花了。

但實際上是，詠真竟是把上官昧的東西全都鎖在體內，一滴不漏地都吸收了，才完全離開他的身體，坐到床邊整理衣服：「其實我本來想叫你忍住不洩，再教你幾句口訣的，可你實在太討厭了，把我弄射了，我只能從你身上補回來了。」

「……蛤?!」上官昧好一會才理解過來，他猛地坐起來，抱著被子縮到角落去，儼然一副被欺負了的良家婦女的樣子，「你、你這是找我採補？」

詠真瞪了他一眼：「我早說了本來打算不洩身的，這樣就叫雙修；是你自己亂動，才逼我採補你的。」

「你、你這是耍了流氓還不認帳！」上官昧趕緊撈起褲子穿上，情事太過激烈，下床時他都腳軟了一下，更加深信詠真占了他大便宜，「呸，妖孽！」

詠真彎起嘴角來，似有似無地朝他下身望去：「不知道大人想讓我怎麼認帳啊？娶了你，還是嫁了你啊？」

「呸，我上官家九代單傳就我一個男丁，你休想讓我淪為兔兒爺！」上官昧急急忙忙撇清立場，然後就逃也似地離開了雲壇。

詠真忍不住哈哈大笑，笑得那麼歡暢，笑得那麼開懷，笑得他直抱著肚子在床上打滾，滾夠了，才擦著眼角的淚水，摸出那塊刻痕木塊，劃上新的一筆。

「一百年零十個月零六天。」詠真慢慢斂了笑容，輕嘆了一口氣，「我覺得，有點寂寞了。枕草，你再不來，我可能真的就不修這道了……」

第二十一章

上官昧一溜煙地跑回大理寺，正想揪著蘇星南破口大罵，可一推門，卻見許三清正在燒化黃符，蘇星南正拽著一根大鐵鍊，鐵鍊那頭鎖著湯繼威，頓時就噤聲了。

他可是才吃過道士的大虧，現在看見道士就一陣心虛。

「散！」

許三清口訣一念，那用鐵鍊子鎖著的湯繼威像被抽了筋一樣，一下軟倒在地，蘇星南鬆了口氣，過去探了探他鼻息：「暈過去了。」

「呼，那等他醒來便好，應該沒什麼大問題。你幫我畫道安神符，混著米湯讓他喝下去吧。」許三清鬆了口氣，才看見站在門口的上官昧，「啊，上官大人！太好了，你沒事吧。」

——沒事才怪！

「沒什麼，可是你們也真不夠朋友，怎麼能把我一個人丟在雲壇不管呢？」上官昧堅決認為自己的貞操丟失跟他們有莫大關係。

蘇星南沮喪萬分地撩起衣袖給他看：「上官兄臺，這次真不是我不夠義氣，我自己都在野外迷路了一宿，好不容易才找到樵夫送我回來，一回到大理寺，三清就說想到辦法救湯公子了，我料想你也不會丟了性命，便先救湯公子了。你看，我都被蚊子咬得渾身是包呢！」

上官昧忽然不能直視蘇星南那光裸的手臂，不自覺地轉開了視線：「一宿？這不還是白天嘛？」他們去雲壇時也是早上，此刻不過尚未過午啊。

「上官大人，這是第二天的中午了。」許三清皺著眉頭打量他，「難道詠真把你困在結界裡，讓你不辨日夜？唉，真是辛苦你了。」

「……是有點辛苦，我都站不穩了。」自己竟然跟他做了一天一夜……上官昧腳軟得更厲害了，扶著椅背坐下了，卻也有點沾沾自喜，這記錄古往今來沒人能突破了吧?!

蘇星南不解上官昧那奇怪的表情是暗爽，只當他還在生氣，便主動倒了茶給他喝：「別生氣了，這不已經把湯公子救過來了嗎？而且也有了一點線索，不至於像沒頭蒼蠅一般了啊。」

「線索，那能算線索嗎？」雖然被折騰了一番，但在公事方面，上官昧仍是毫不徇私的，他依舊覺得詠真說的話不能盡信，「如果按照他的說法，那引魂丹便是從宮裡流出的，宮中所有用藥必須經過太醫院，沒有太醫首座方大人的允許，一根參鬚都帶不出宮。」

「皇宮……咳咳……不是皇宮……」

一陣微弱的咳嗽聲響起，正是在臥榻上歇息的湯繼威。

蘇星南連忙扶他坐好，許三清也拿了安神茶過來給他飲用，他喝了以後，氣息才稍微穩暢了些。他定神看見許三清，倒頭便拜：「湯繼威感謝道長救命之恩。先前多有冒犯，我實在豬狗不如，請道長原諒！」

「你先起來。」許三清雖然受得起這救命之恩，但也絕不肯讓一名重傷初癒的人跪拜他，「不知者不罪，那些誤會，就當沒發生過吧，往後不提就是，幹嘛又跪又拜的呢！」

「是、是，多謝道長海涵……」

「嗯？」蘇星南跟許三清忙著救人，倒是上官味旁觀者清了，「湯公子，你知道是許三清救你？你不是發狂了嗎？」

湯繼威坐好了，努力地思索了一番，才慢慢說明：「我、我自己也說不出來這是什麼感覺……就像手腳忽然被別人控制了，眼耳口鼻也被人控制了，做著我完全不能理解的事情。但我能清晰地知道這些日子發生的事情，好像我是被困在自己的身體裡，掙脫不出來一樣，這感覺很奇怪。」

「荒魂奪體，是這樣子的沒錯。」許三清點頭道，「還好這引魂丹沒做好，要不那荒魂就不只是奪了你的身體，荒魂可能還會吞噬掉你本來的魂魄，完全把你變成他了。」

湯繼威一陣後怕：「道長，到底是什麼人要害我？」

「那你這藥是從何處而來？」上官味問，把那個小瓷瓶掏了出來。

湯繼威見鬼一樣躲了開去，恐懼萬分地示意上官味把那瓶子拿開：「這藥是我有一次跟大家聚會的時候，有人分發給我們的。他說這不是春藥之流，平時服用，只會強健體魄，是大有裨益的藥。」

「有人？什麼人！」

「是……」湯繼威看了看蘇星南，「是蘇大公子……」

三人俱是一愣，上官昧正要說什麼，蘇星南已經奮然起身，大步往外走了。

「攔住他！」上官昧把許三清往蘇星南面前一扔，擋了他的路，自己也追上去扯住他，「寺丞大人說不能讓你插手，你不能去！」

「真相大白，我去跟不去有什麼影響！」蘇星南咬牙切齒，「我就要被株連九族了，難道連問他們一句到底為什麼要做這種惡行都不行嗎？」

「星南你冷靜點。」許三清一頭霧水，又抵不過蘇星南怒氣沖沖，情急之下一把抱住他的腰，「你跟我說，天大的事情，師父給你解決，你聽上官大人的話，不要衝動好不好！」

許三清這一抱讓蘇星南稍微服軟了一些，他定住腳步，攥緊拳頭。

「此事疑點仍然很多，且不說蘇郡王是否能制服神獸檮杌，取其魂魄煉丹，就算他真的突然有了這神通，他又為什麼要讓不知道什麼人的魂魄，去搶奪其他人的身體呢？」上官昧把他拉到樹下，按著他坐下，「下面的交給我來處理，我不會徇私，但也不會看著自己的好友無辜受戮。」

「我什麼時候成你好友了？」蘇星南負氣道。

「嘖嘖，口是心非，虛偽……」上官昧差點咬到舌頭，連忙吞回那句話，「小公子，這傢伙交給你了，我要出去了。」

「嗯，我會看著他的。」許三清責無旁貸地接過這任務，待上官昧走了，他才垂著眼睛蹲在蘇星南跟前，軟聲問道，「你有什麼話想跟我講嗎？」

「……為什麼這麼問？」蘇星南以為他會問自己引魂丹的案情。

「你不想說，我就不問；你想說，我就問。但我沒有上官大人聰明，所以看不出來你想不想說話。」許三清猶豫了一下，好像鼓起了很大勇氣一樣，握住了蘇星南的手，「我記得我在楊家的時候，煩惱蘭一為什麼要說謊時，你跟我說過，可以像朋友一樣聽我傾訴，現在我也可以當你的朋友，聽你傾訴。」

「你不是我師父嘛？」蘇星南笑了笑，這聊勝於無的溫存，讓他不知道該繼續索求還是就此感恩才好了。

「一日為師終生為父，父母更應該為子女解決問題啊。」

「可是，我的問題就是我的父親啊。」蘇星南拍了拍身邊的臺階，許三清坐了過去，「你不是常常奇怪，為什麼我當初那麼痛恨方術道術嗎？」

「是有點奇怪。」皇上禁止道佛宣揚，一般人的態度便是賀子舟和上官昧那樣的，像蘇星南那麼恨之入骨的，顯然有別的隱情，但許三清試探過幾次，蘇星南都避而不談，久而久之他就忘了。

「十二年前太子之所以被送到道觀去學習，是因為有人大力向皇上推薦，說道教的學習對延年益壽，強身健體等有極大的好處。」蘇星南看著前

方，目光落在蒼白的日光中，「那個人，便是我的父親，泰康郡王。」

「咦，原來令尊對道術很感興趣？」許三清甚為意外，「那你怎麼？」

「在遇見你之前，我印象中所有關於道士的印象，便是一片嗆鼻的白煙，聽不懂的念誦，刺耳的鈴聲鼓聲，還有難聞的丹藥味道。我的父親世襲了郡王的封號，不愁衣食，整天便沉浸在這些迷幻裡，我好久好久，都見不到他一面。即使見了，他也是穿著道袍，板著一張臉，訓斥我，不讓我喊他爹爹或者父親，要我喊他真人。」

蘇星南苦笑一下，又說：「小時候我常常想，是不是我不夠聰明、不夠乖，所以父親不喜歡我，於是便拚命地讀書，記那些我根本不知道意思的課文，抄那些我連句讀都分不清的詩文，但等我年紀稍大，懂事了些，便不再強求了，倒是強記讓我練成了過目不忘的記憶力，抄寫讓我練成了左右開弓的筆法。哈哈，上官昧特別羨慕我能左右手一起寫字，他說這樣處理公文快多了。」

許三清默默地聽著，握著蘇星南的手越握越緊。

「可是，我小姨病了。」蘇星南的臉色深深地沉到了痛苦的深淵，眼睛濕潤了，「我母親生我時難產死了，小姨是母親的陪嫁丫鬟，她把我當作自己的孩子來撫養，教我讀書認字，教我琴棋書畫，其實在我心裡，小姨就是我的母親。

「那天，她病得很厲害，大夫們看過了都搖著頭出來，父親說吃顆仙丹便好，於是他餵了小姨吃很多不同的丹藥……可她最後還是去了，她去的時候很痛苦，肚子被奇怪的東西塞得脹鼓鼓的，臉色青紫，瞪著的眼睛好久好久才眨一下，很恐怖很恐怖。我很害怕，很多次都以為她死不瞑目地離開了，但她又會猛力地喘息，卻說不出話，可我知道她在責怪父親，她在責怪那些丹藥，讓她離去前還要忍受這樣巨大的痛苦。」

許三清顫顫地跪直了身子，伸出手去攬過蘇星南的肩，他的肩太寬了，他摟不過來，只能環住他的脖子，讓他靠在自己胸前。

「小姨死的時候，那天下了很大很大的雪。父親說，我的生辰八字跟小姨的相沖，不准我跟著送葬，我就自己偷偷跟在後面，那天風雪很大，我跟著跟著就迷路了，我很焦急，在城裡繞了一天一夜，也沒找到那些經幡的蹤影，後來我暈倒了，是巡城的捕快把我送回家的，從那以後，我就不認得路了。」

蘇星南把臉埋進許三清懷裡，摟住他單薄的腰，他覺得自己有點卑鄙，但他現在真的很想抱住他：「天南地北，找不到自己最親所在，又有什麼分別呢？」

「別說了……」許三清一開口，才發現自己也哽咽了，「別說了……」

蘇星南疲倦地笑笑：「好，師父叫我別說，我就不說。」

「師父疼你，師父最疼你了！」許三清抱著他，大聲地嚷嚷起來，好像要像什麼人作保證一樣，堅決地說道，「無論發生什麼事，你都是師父的心肝寶貝，誰都不疼你也沒關係，師父疼你！」

——疼我嗎？

蘇星南笑了，總比什麼都沒有好。

許三清一動不動地任他抱著，日光從樹葉縫隙間漏下來，落在蘇星南漆黑的長髮跟白皙的頸脖上，捉迷藏一般閃來閃去，閃得他有點暈眩了，他推了推蘇星南的肩膀：「有人……」

「嗯？」聞著許三清身上乾淨得有點發甜的味道，蘇星南懶懶地應了一聲。

「會有人看見，你放開我吧。」雖然是蘇星南書房外的院落，但到底是大理寺裡，許三清繼續把他往外推。

「嗯。」蘇星南當真放手了，體溫離去的剎那，許三清覺得有點冷，「三清，你可以陪我回一次家嗎？」

「可以是可以，但是，你回去幹什麼？」許三清一驚，他該不會要大義滅親，綁了自己父兄去見皇帝吧？

蘇星南看到了許三清的疑惑，給他了一個「放心」的笑容：「我想讓他們看看貨真價實的道教是什麼樣的，不要再被神棍欺騙。」

「咦？嗯，好吧。」要是往常，讓他去展示正一威儀，他一定開心地答應，但現在是給蘇星南的父親展示，也就是要打擊一個老人家長年的信仰，告訴他你一直都是錯的，許三清不禁有點猶豫。

蘇星南握住他的手：「如果在你的大道上，必須要痛下殺手清理門戶，你會這樣做嗎？」

「咦？」許三清一愣，隨即明白了過來。

蘇星南並不是真的因為痛恨父親而讓他去奚落他，削他臉皮，而是讓他真正面對那些只是愚昧無知，卻真真正正禍害了道教名聲的人。他們大多帶著各種功利目的而信奉道教，研究長生不死，研究五鬼運財，研究控制別人，他們不像詠真那樣，知道自己做的事情不該發生在道門，所以好歹披著倌兒的皮，他們反而認為自己這樣做才是正道，最終使道門成了一個讓人恐懼多於敬重的門派。

清理門戶，對這些毫無法力，無意清修，卻最急切地想要得到因修道而來的利益的愚昧無知的道眾，的確需要清理出去。

但他忍心嗎？許三清握緊了蘇星南的手，他要對付的不是神魔鬼怪，不是妖道惡仙，是普通人呢，他能下手嗎？

許三清慢慢皺起了眉頭，他垂著頭道：「我……」

「不必勉強，我自己回去也可以。」蘇星南揉揉他的髮，沒有繼續強迫他，「畢竟那是我父親，從前我沒辦法糾正他，現在可不能讓他繼續下去了。」

「我陪你去！」許三清猛抬頭，炯炯生光的眸子直直地盯著蘇星南，「我怕他們欺負你。」

「哈。」蘇星南大笑，滿腔苦悶就從眉梢眼角漏走了，他用力搓亂了許三清的頭髮，忍俊不禁，「好好好，那請師父好生保護弟子了。」

「別揉了。」許三清掙脫蘇星南的魔爪，蘇星南抽出扇子來唰的一甩，昂首闊步地往走去，許三清嚷嚷，「你這個路痴乖乖跟我後面啊。」

「我總不至於連回家的路都不認得吧？」蘇星南回過頭來向許三清笑了笑，伸手道，「跟我走吧。」

那時天正清朗，風正疏爽，朗朗日光裡頭，公子白衣勝雪，星眸帶笑含情。

一陣懷舊的情緒忽然湧上心頭，許三清想起了很多年前的下午，也是這樣的散朗白日，許清衡真人也是回頭問他，「你願意拜我為師嗎？」

許三清眼角泛紅，他用力地「嗯」了一聲，急急跑上去，捉住了他的手。

第二十二章

泰康郡王府坐落在城北一隅，規模雖比親王府次一級，但細看裝潢格局，飛簷勾角，朱門畫棟，也是一等一尊貴豪華的氣派。許三清直愣愣地站在大廳裡，原來蘇星南是在真正貴冑之家長大的。難怪當初他會說楊宇那珠光寶氣的大宅是俗氣，不是貴氣了。

「二少爺，您回來之前也不先捎個信，大少爺還在外頭，老爺也在忙著，要不您先吃點兒茶，我派人請大少爺回來？」管家的是個慈眉善目的老人家，蘇星南叫他王叔。

「不必請大少爺了，我是來找父親的，他忙著正好，我就是要來看他忙什麼的。」

蘇星南卻不太領情，徑直往後面廂房走，王叔連忙勸止，「二少爺，你也知道老爺在忙的時候，不許人打擾的，你這樣是難為王叔啊。」

「硬闖的人是我，他就不會怪你。」蘇星南一步不停地拉著許三清往裡頭走，速度之快幾乎讓許三清跌倒，頃刻間便被拉到了一處小院門前，小院鐵門上纏了一圈粗鐵鍊，「王叔，開門。」

「二少爺……」

「你不開，我就只好自己搶鑰匙了。」蘇星南冷然道。

「……那還是勞煩二少爺自己搶了。」王叔竟也不肯讓步。

「你！」蘇星南剛才那是撂狠話，他那性格是絕不會真向一個老人家動手的，正僵持，許三清忽然舉起了一串鑰匙，「是這個嗎？」

「咦？」王叔大驚，一撩衣襬，褲腰上的那串鑰匙真的不見了，「二少爺，你竟然帶個小偷來?!」

「我不是小偷，我這叫做探空取物，沒碰到你也能把你的東西拿過來。」許三清氣鼓鼓地解釋，「你怎麼這樣跟你家少爺講話呢，沒禮貌！」

王叔跟蘇星南都愣了一下，王叔自知理虧，便低下頭去，朝蘇星南微微鞠個躬：「老奴不是故意難為二少爺，只是家規森然，老奴不敢不遵照老爺的吩咐。」

「總之他有何怪責，都只管歸咎到我頭上就好了。」蘇星南的語氣也緩和了下來，「三清，鑰匙給我。」

「好。」

鐵鍊上的鎖頭喀嚓一聲打開了，許三清跟著蘇星南往裡走，卻發現王叔站在院門外不敢進入。

「他怎麼不進來？」

「父親在煉丹的時候，不准任何人進來，要不打斷手腳是最輕的懲罰了。」

「啊，這麼嚴重？」

「是啊，就這麼嚴重。」蘇星南笑著看向他，「你現在害怕了沒？」

「呿，我是真道長，怎麼會怕冒牌……」

「星南，你越來越沒有規矩了！」

一聲略含怒氣的叱喝打斷了許三清的話，許三清循聲望去，只見一個四十出頭的中年男人站在廊下，黑髮中夾雜了不少斑白，但尚算得上精神，不顯頹靡，若果真穿一身道袍站那裡，許三清想自己一定又會樂呵呵地跑上去拜見前輩的了。

蘇星南斂起笑容，畢恭畢敬地朝蘇承逸作了個揖：「事出緊急，只好打擾父親了。」

蘇承逸有點意外，蘇星南從懂事以來，就沒有對他求過什麼事，出仕以後連回家都變得稀罕了，莫非真有什麼時分要緊的事情。

「你先到書房，我待會過來。」

「父親看來心情不錯，想是今天的丹藥煉得不錯吧？」

蘇承逸皺眉：「皇上禁止朝廷上下修仙問道，你這話是陷害……」

「父親，連我們父子之間，也不能坦誠相對嗎？」蘇星南輕嘆口氣，往前幾步走到蘇承逸跟前，「這三個多月裡我得逢奇緣，現已拜入正一教許三清道長門下。」

蘇承逸雙眼頓時圓瞪，他知道蘇星南一向對道門方術深惡痛絕，此番說話定然不假，能叫他信服拜師，那道長肯定驚采絕豔，才能折服了他，當即急切問道：「星南，你這小孩子真不懂事，還不快請你師尊來，父親一定要答謝他，讓你終於明白父親苦心……」

「師尊已經到了。」蘇星南不等蘇承逸說完，就往後一步，把許三清引到跟前去，「這位便是我的師尊，許三清道長。」

許三清第一次這麼正經八百地被人介紹出場，強作鎮定，沒有拂塵在手也作了個道家的拜見禮：「貧道正一教六百零一代傳人許三清，見過郡王爺。」

蘇承逸皺著眉頭打量許三清，這位道長看起來如此年輕，連聲音都還是脆生生的，實在不像是道行高深，心下狐疑，卻又想可能是道行高深至可以返老還童，於是還是客氣回答：「這位道長，請恕我肉眼凡胎，可否請教尊下高壽？」

「我、我五歲拜師，現已修行第十三個年頭……」

「豈有此理！」蘇承逸怒不可遏，朝蘇星南叱喝道，「星南，我知道你對道家諸多意見，但也不容你這般放肆挑釁！」

「聞道有先後，卻無老少，師尊年紀雖小，素養卻是極高，比你胡亂請教的高人可靠得多。」蘇星南反駁，語氣十分堅定。

「豈有此理！」蘇承逸見蘇星南連他認識的高人也一併譴責，蘇承逸抬手就要扇蘇星南耳光。

蘇星南閉起眼來，不躲不閃。許三清想也沒想就拉著他後退幾步，同時結印，往蘇承逸扔出一個定身咒：「定！」

「你！」蘇承逸頓感千斤壓頂，卻也不會跌倒，只是木頭人一般定在了原地，他怒目圓瞪，「豈有此理，竟敢向本王施妖法！」

「妖法？」蘇星南按住許三清，示意他不可繼續動手，「不知道你平日結識的道長，可有一人會這妖法？能解這妖法？」

蘇承逸閉上了嘴，但眼睛裡仍是不服氣。

「我能解，因為這不過是道門最基本的定身咒，只要集中精神，結印念咒，便可施行。」蘇星南走到父親跟請，凝神定心，接著手印往蘇承逸額上一點，蘇承逸便一下跌倒在地，「父親，我不是來嘲笑你，我是來告訴你，什麼才是真正的道教。抱心守神，修心養性才是正道，煉丹用藥，縱然是捷徑，也走不了多遠。」

蘇承逸緊緊皺著眉頭，蘇星南嘆口氣伸手去扶他，卻被一手打開，好一會兒他才自己站了起來：「真正的道法高深莫測，又豈是這麼一兩個法術能概括的？星南，你尚未接觸過真正的高人，不要被一些邪門歪道騙了。」

蘇星南頓時氣結：「我親眼見過師父跟玉靈纏鬥，招人魂魄，驅邪治鬼，而且全是為了他人而犯險，並不是為了自己！」

「星南，為了自己也是沒有錯的。」被指責為招搖撞騙的許三清，卻是一點也不生氣，反而一板一眼地解說起來，「道家門下流派眾多，我所學的正一教講究入世為民，安邦定國，所以我才總是多管閒事，而像蘭一道長所修的全真道，便講究自身修煉，超脫俗世，兩種方法都沒有錯，如果以蘭一那麼清冷的性格去為國為民，以我這樣活潑的性格去修仙，都會事倍功半，大家都是循序大道自然，找尋適合自己的方法而已。」

「……是，弟子受教。」蘇星南在心裡為許三清的不辨時機而苦笑，但還是給許三清做了個垂頭認錯的姿勢。

蘇承逸也為許三清這番話而心生訝異，儘管這些不過是典籍上最淺白的教條，從來沒有人把它當真，但現在許三清就真的把它當真了，不禁讓人懷疑他到底是神棍騙子，還是死讀書不懂變通的道門書呆子。

「既然明白此理，就別來打擾別人的修行了。」

「可並沒有哪一個流派，是以煉丹用藥為主要修行途徑的。」許三清轉起頭來，十分嚴肅的神情讓他本來稚嫩的容貌多了兩分威嚴，「即使有人醉心煉丹，那也是因為煉出來的丹藥可以救人命，或者有什麼好玩的效果，絕對沒有人會認為吃下一顆丹藥便能省幾十年修行，如果有，那他不是走火入魔，便是神棍騙子！」

「孤陋寡聞。」蘇承逸不屑道，「井底之蛙，也敢妄論大道？」

「如果真有此種丹藥，那藥方從何而來？」

「自然是從成功因此飛升的高人門下得來。」

「那高人門下眾弟子，又可有一人飛升？」

「煉丹材料非同一般，耗時甚長，又豈是人人能煉得？」

「所以他們自己不煉了，卻讓你來煉？」許三清作恍然大悟狀，「這是哪個門派的高徒，如此高風亮節捨己為人，我定要去拜見一下！」

蘇星南忍不住噗哧一下笑了，他起初還擔心許三清被父親叱喝得無從辯駁，卻不想許三清平常雖然有點傻氣，但論及道門事宜時，底氣總來都不輸人的，不禁莞爾。

蘇承逸被搶白得臉泛赤紅：「成仙得道講究機緣，那位道長與我有緣，自然捨得，你這麼斤斤計較，真是以小人之心度君子之腹！」

「沒錯，我就是斤斤計較，如果他真的是高人，我與他會計較得更加厲害。」許三清眉頭一皺，冷哼一聲，「我會跟他計較，為何身懷如此本領，卻不到皇上跟前示範，既然看出郡王爺你與道有緣能夠飛升，為何不帶你到御前，讓你服下聖藥，在眾人眼前成仙飛升，為我道門一刷冤屈，讓我等道人能堂堂正正穿回道袍，戴上九梁巾，自由行走天地之間，不必愧對祖師爺！」

許三清起先還因為對方是蘇星南的父親而有所收斂，說著說著就帶了怒氣，蘇承逸顯然沒覺得自己躲在禁止修真的皇城裡修煉丹藥、追求成仙，是多麼滑稽的自相矛盾，臉色一陣青一陣白，想不到話來反駁，卻又不肯低頭承認自己的堅持是錯的。一老一少瞪著眼睛對峙了好一會兒，終於不敵許三清眼中煌煌正氣，訕訕轉開了視線。

「道法自然，一切順其自然就是了，何苦強求。」

「那你為何不安然接受蒼老死去的自然之道，孜孜不倦求取長生得道？」許三清搖頭，「道法自然不是消極對付，而是以最自然的方法求取結果，要長壽長生，便勤練清修，養身養性，一個人身體健康，心思開朗，豈有不長壽長生之理？你這樣煉丹服藥，才是真的強求！」

蘇承逸辯無可辯，便也哼哼起來：「反正我已經一把年紀，再怎麼強求也是我自己的事情，你們這些年輕人又怎麼會懂得老去的意義？三十年後你也會像我這樣。」

「如果父親當真只是自己求長生，那星南便放心了。」蘇星南攥緊拳頭，「那丹藥便請父親你一人獨享，千萬不要向外人派發。」

——千萬不要，再讓其他人受小姨的痛苦。

這後半句話蘇星南沒有說出口，但蘇承逸明顯就猜到了，惱羞成怒一般上前一大步，甩了蘇星南一個耳光：「這麼多年你還是冥頑不靈！」

到底是誰冥頑不靈！蘇星南咬牙：「如果這樣是冥頑不靈，那我到死也不會後悔。」說罷，他捉起許三清的手就轉身，「師父，我們走吧。」

「哦。」許三清還在為那一巴掌心疼，便由著蘇星南拉著他離去了，但走了幾步，蘇星南又停下腳步來，「亂服丹藥死了，也只是死你一個，但如果死不去，在皇上跟前發起病來，那便是株連九族的大罪，星南已經死過一次，不懼生死，但請父親為大哥的孩兒仔細掂量，星南記得姪兒只有三歲。」

「畜生，你給我滾出去！」蘇承逸不顧臉面地大罵起來，而蘇星南撂下一番威脅的話以後也快步離開了小院，徑直走出家門了。

王叔竟然連「少爺慢走」都沒有說一句。

許三清心裡納悶，蘇星南再怎麼不受父親寵愛，也是少爺啊，而且還身居要職，也不算是辱沒家聲，怎麼王府上下，竟然待他如此冷漠，連表面的禮數都不顧了呢？還有，剛才蘇星南說自己已經死過一次，又是什麼意思？

許三清腦子飛快地轉動著，卻怎麼都想不到會是什麼可怕的事情，正出神，就一頭撞上了蘇星南厚實的後背：「哎喲，你幹嘛停下來啊！」

「……我不認識路啊。」蘇星南回過頭來，無奈地笑笑，「出了那條街我就不認得路了。」

「哦，沒關係，你想去哪裡？」來京城這幾天，許三清也大概摸熟悉了街坊鄰里的布局，即使有時候認不太清楚，問問人也能去到。

「沒想去哪裡，還是回大理寺去等上官昧的消息吧。」日光仍是很燦爛，但蘇星南的神情比日光落寞多了，儘管他剛才一直冷著臉色，但其實他心裡一定也不好過吧？

許三清心裡一陣難過，不行，要是我也不開心，那誰去逗我寶貝徒弟笑呢？

「啊，我想到處玩玩，到京城這麼久我都沒正經玩過呢！」

「你想去玩？」蘇星南愣了愣，「不是不可以，可是，我不認得路。」

「沒關係，你說個地方名，我問人，那準能去到吧。」許三清搖晃著蘇星南的手臂，「去吧去吧，你整天都在處理公務，也該學學上官大人那樣甩下事情到處玩玩啦。」

蘇星南笑道：「都只顧著玩不做事的話，那就天下大亂了。」

「半天而已嘛，好嘛好嘛！」

「我知道你想開解我，但是我沒事，真的，謝謝你。」蘇星南感激地拍拍許三清的肩，「我真的要回大理寺，要不我讓家裡小僕們陪你到處逛逛？」

許三清嘆口氣：「你是不是覺得我只是個小孩子？」

蘇星南笑：「你的確是個小孩子啊。」

「才不是，你十八歲的時候都已經當官了。」許三清捉住蘇星南的手道，「我見識少，是鄉下人，見過的世面沒有你那麼多，認識的人也沒有你多，至於道術道法，其實你現在完全可以自己修煉了，我也不過是半桶水。

所以，我曾經也想過，我對你來說是不是一個累贅，我是不是該消失比較好。」

「三清，世面跟人脈，只要活得夠久，闖蕩的地方夠多，也就有了，而你所擁有的品質，卻是大部分人一輩子都不可能有的。」蘇星南寬慰他道，「你看我父親，活到這把年紀，還不是連『知錯能改』這麼簡單的道理都做不到嗎？」

「那是我們看他，但如果是其他人看我們呢？」許三清搖頭，「我如此堅定地想要光復門楣，在他人看來，會不會也是一樣的知錯不改，一門心思走到黑呢？」

蘇星南皺起眉頭來：「三清，難道你要為我父親講好話，讓我體諒他？」

「不是是非對錯的問題，而是，時間的問題。」許三清道，「他說對了一點，蒼老不是每個人都能安然接受的事實，尤其是當你發現自己還有很多東西沒有來得及做的時候。」

「我們還很年輕，一定能等到真正的光輝來臨的那一天。」蘇星南心明如鏡，「因為我們不僅有心，而且還付諸行動了，我們不會像他那樣只躲在小院裡幻想飛升成仙，我們不會像他那樣，最後只能躲藏在自己製造的幻境裡追求大道，我們的大道，是真真切切地走出來的，我會陪你走，一直陪著你走。」

許三清瞪著圓圓的黑眼睛盯著蘇星南，朦朧的水氣漸漸模糊了他的視線，他用力擦擦眼睛，扁著嘴嘟囔：「嗯，我跟他不一樣，我有你陪著，嗯！」

「傻瓜，我讓你去勸服我父親，你倒自己胡思亂想起來了。」蘇星南揉揉他的髮，「好啦好啦，你是跟我回大理寺，還是自己回家啊？」

「大理寺！」

第二十三章

許三清忙不迭回答，但真到了大理寺，翻不了幾頁書，就趴在桌子上上下眼皮打架了。

蘇星南好氣又好笑，走過去揪著他髮髻把他的小腦袋從桌子上拉起來：「早跟你說，卷宗很無聊的，你還是回去吧。」

「不不不，我不無聊……」許三清連忙拍拍自己的臉，振作精神道，「我剛剛只是稍作休息，養精蓄銳。」

「準備大戰啊你，還養精蓄銳？」蘇星南笑了，泡了一杯鐵觀音給他。

「我想陪著你啊。」許三清扁嘴道，「總是你來遷就我，我覺得我也該拿出一點師父的樣子，照顧一下你。」

蘇星南詫異地看著他，雖然從前許三清也愛嚷嚷要關照他，要照顧他，但今天他說的好像有點不一樣：「你怎麼了？」

「我對於為人師表有了更深入的體會啊。」許三清搖頭晃腦地說，「我從前認為當別人師父就是給徒弟飽飯吃，教他工夫道術。但現在我知道了，還得要關心徒弟的一切事情，因為徒弟們的來歷都不一樣，所以他們的背景也會變成他們修煉之中的障礙。比如像你，就會因為小時候不好的回憶而對道術猜忌厭惡，唉，以後我收了別的徒弟以後，也得注意這點才行！」

蘇星南差點就被他這套理論欺騙了過去，好一會才反應過來：「也就是說，你現在是為了讓我開心，才陪著我來做事？」

「是啊，誰知道你會不會自己一個人躲起來哭，我時時刻刻盯著你，讓你沒有時間想難過的事情。」許三清一口氣說出了自己的偉大計畫，口水都乾了，便捧起茶杯，喝著那還是熱騰騰的鐵觀音，「哎喲，還是好燙！」

「……你待會再喝。」蘇星南還是有點恍惚，終於完全反應過來許三清在說什麼了，「你意思是，將來你要收更多的徒弟，然後也像今天黏著我一樣黏著他們？」

「傻瓜，到時候哪裡有那麼多時間啊？我先管好你一個就不錯了。」許三清笑得瞇了眼，逐漸見肉的細長手指捏了捏蘇星南的鼻子，「到時就麻煩你了，大師兄。」

許三清上京以來第一次笑得這麼開懷，眉眼彎彎的樣子太過好看，蘇星南不及思考就已經伸手把他攬進了懷裡：「師父，你對我真好。」

「那當然，」許三清還是樂呵呵地笑著，「你是我的心肝寶貝啊。」

耳邊一陣倒吸氣的聲音，摟在腰上的手力度也更大了，許三清奇怪道：「星南，怎麼了？」

「我、我想侍候師父……」

蘇星南溫熱的臉貼在許三清頸脖處，呼出來的氣息潮濕滾燙，灼得許三清臉上一陣燒紅：「不、不用！我現在不想做那個！」

「可是我想侍候你。」蘇星南自己都覺得自己很卑鄙，趁著這種時機去占許三清便宜，但他已經想明白了，許三清一輩子都不解情愛也沒關係，一輩子都只想著光耀門派也沒關係，他就這樣一直陪著他好了，他早晚要知道這事情是不合禮數的，那他就得趁他還沒知道之前多做幾次，才不吃虧，

「師父，弟子那麼誠懇想要你開心，你真的不想做嗎？能讓你開心，我也會開心起來的哦。」

「我、我……」許三清臉紅得快要滴出血來了，「你真的，會開心？」

「嗯，我會非常開心。」蘇星南低頭，貪婪地嗅著許三清身上的氣味。

「可是，我沒有反應……嗯唔……」許三清猛地夾緊腿，羞得說話都結巴，「你、你幹嘛，幹嘛伸進來……」

「嗯？師父沒反應，我就給你揉揉啊。」蘇星南一臉無辜，「你夾著我的手了。」

「啊，對不起。」許三清連忙分開腿，這一分，蘇星南就直接往上一摸，滿滿地完全握住了，「你、你……」

蘇星南按著他的背把他貼到自己身上：「別怕，放鬆就是了。」

「……哼！」許三清額頭抵在蘇星南胸前，緊閉著眼睛，不死心地哼哼。

一絲沒有聲音的笑意從嘴角滑過，蘇星南的手探進許三清褲子裡，仔細揉弄起那秀氣的傢伙，沒幾下那傢伙就已經精神地翹了起來，許三清的哼哼聲也沉淪成了低低的喘息，捉住蘇星南的衣服的手指攥得越來越緊。

蘇星南感覺許三清成了一塊掉進水裡的棉布，漸漸濕軟得要滴出水來。他不緊不慢地摩挲著那沁出液體來的柱身，吞了吞口水，乾脆把許三清的褲子扯了下來，然後就著那濕滑的液體，往後頭滑進一指。

許三清「啊」的驚叫起來，連忙推拒：「你幹什麼！」

「別怕，我不會傷害你的，如果你實在覺得很不舒服，我馬上就住手。」

蘇星南並無這方面的經驗，只朦朦朧朧覺得這處在誘惑著他，捨不得撤手，卻也不想嚇到許三清，便輕輕重重地在他耳後的肌膚上舔吻起來。

許三清緊閉著眼，完全不敢看蘇星南，他只覺整個人都被一層溫水裹住了，暖洋洋的好生舒適。

除卻後穴上那試探著進出的手指。

「放鬆點。」許三清緊張，後穴緊縮，蘇星南調整一下呼吸，在他耳邊呵氣，「就當你在……在上茅廁？」

言語雖然粗俗，但也生動，許三清臉紅了一陣，才憋著一口氣用力，那穴口總算張開了些，蘇星南中指抵進，一下沒進了兩個指節的長度，許三清悶哼一聲，他便停住了詢問：「痛嗎？」

許三清也不知道該回答他什麼，的確不怎麼痛。但、但如果說不痛，那他不是要繼續往裡探嗎？正猶豫，蘇星南又問了兩聲，他只好搖了搖頭，把臉擱在了蘇星南肩膀上。

蘇星南知他害羞，便不再問了，又等了一會，待他完全適應了，才緩緩把整根中指推進，輕輕轉動著，摩挲起裡頭柔嫩的肉壁。

許三清緊閉著眼，身體的感覺靈敏了百倍。後穴被人侵犯著，光是這個意識就足夠讓他渾身顫抖，而那手指還在他體內轉換著角度摩挲，這種從裡頭被人撫摸的感覺讓他脊背上冒出了層層細汗。

忽然，蘇星南摸到了一處，許三清「啊」的叫了起來，酸麻搔癢。

蘇星南連忙問他是不是痛，許三清羞紅著臉小聲道：「不是……很、很舒服……」

對方便不再說話了，抵著那一處反復摩擦起來，層層疊疊的快感讓許三清只覺四肢酸癢，本來需要刻意屏著氣息去放鬆的後穴得了趣，軟綿綿地鬆了開來，蘇星南乘機又加進一指，時而並指搓弄那銷魂處，時而彎曲指節摳弄內裡腸肉，許三清忍不住嗚嗚呻吟起來，大腿發顫，本就挺立的男根翹得越來越硬實，迫切需要解放，手便不由自主地往腿間摸去。

剛剛才碰到了大腿根，手就被拍開，許三清睜開眼睛來想罵人，卻見蘇星南跪了下去，張嘴把他那東西含了進去。

「啊啊啊啊啊！」太強烈的視覺衝擊讓許三清大叫起來，不對，再怎麼天真他也知道這樣做絕對不對，他驚叫著哭了出來，使勁推開蘇星南。

蘇星南被他嚇了一跳，捂住他的嘴：「別喊，會把人引來！」

許三清被他捂著嘴無法出聲，紅通通的眼睛還泛著淚，剛剛被吐出來的物事可憐兮兮地掛著滴答滴答的黏液，蘇星南心裡一片柔軟，他抱起他，讓他躺在桌子上，親了親他的額頭，才又覆了上去，含住他的物事舔弄。

許三清捂著嘴喘息，臉上身上全是情欲的紅。

濕潤溫熱的舌舔遍了他根柱周身，靈活地挑開頂端的皮膚，吸吮著翕張的小孔；後穴裡的手指配合著揉弄那銷魂所在，指節進出時發出黏膩的聲音，彷彿捨不得一般。許三清被兩處翻攪狎弄得周身都快沁出水來了，不覺兩腿大張，讓蘇星南更容易進出他的身體。

蘇星南從未曾為人做過這事，但見許三清被服侍得如此舒爽，心頭也充滿快意，他一邊揉弄著許三清兩邊囊袋，一邊擺正頭臉，試著把許三清整根吞下，他竭力把整根物事納進嘴裡，用喉嚨深處的軟肉摩擦他頂端敏感的小口，身後的手指又加進一根，捏弄抽送，抵死纏綿。

前後兩處夾擊的快感讓許三清無暇思考，他微張著嘴，眼神渙散，連呼出來的氣息都帶著不知所措的淫亂。男根在激烈的動作下突突直跳，終於在蘇星南猛力一吸下痛快地洩了出來。

許三清洩過後，彷彿靈魂出竅一般直愣愣地瞪著天花板，蘇星南握著他慢慢軟下的柱身又擼了幾下，確認他都宣洩出來了，才拿手帕給他擦乾淨身子，穿好衣褲。

許三清轉了幾下眼睛回過神來，卻是馬上一掌呼出，蘇星南毫無戒備，被他一掌擊中左肩，整個人從桌子上飛了開去，「砰」的一聲砸到了地上。

「你混帳！」許三清猛地跳下地來，劈頭蓋腦就往蘇星南臉上抽耳光，「你騙我，你竟然騙我！」

「三清！」蘇星南不解許三清為何突然發難，挨了幾個耳光才把他捉住了，「你在說什麼？」

「你騙我，這根本，根本不是什麼徒弟服侍師父的事情！」許三清氣得額上都顯出了淡青色的微細經絡，他憤怒地甩開蘇星南的手，「放開我，別用你的髒手碰我。」

「什麼？」

「我見過雲壇那些人做這種事！」許三清永遠忘不了那晚見到的醜陋，他牙關都在打顫，「你根本就沒有想要真心學道，你只是想騙我做這種事……」

「不是，不是那樣的！」蘇星南顧不上肩膀疼痛，跪在許三清跟前捉著他的衣衫，幾乎慌張地解釋道，「我是真心想要跟你學道的，我說會永遠陪著你也是真的，我絕對不是那種登徒浪子只想占你便宜。」

「你跟他們都一樣。」許三清一腳把蘇星南踹開了，「我不想再見到你，我永遠都不要再見到你！」說罷，轉身就往外跑。

蘇星南氣門被踹了這狠狠一腳，幾乎氣絕當場，好不容易調整過來呼吸，還哪裡有許三清的影子呢！

蘇星南頹然往地上一坐，痛苦地揪著自己的頭髮，喃喃自語：「三清……師父……不是那樣的、不是那樣的……」

許三清一口氣跑了幾條街才停下腳步來，臉上全是淚水，他用力抽著鼻子想讓自己別再哭了，可無論他怎麼擦，擦到臉上皮膚發紅，擦到袖口全都濕了，就是沒有辦法停住哭泣。

一想到蘇星南竟然也跟那些人一樣對自己心懷不軌，他就難過得比被生魂沖體，五馬分屍更難受，難受得除了哭就什麼都做不了。

正難過，忽然身邊圍過來了幾個人：「唉，小兄弟，你怎麼了？」

「快別哭了，多難看啊，來來來，我們請你喝酒去，一醉解千愁怎麼樣？」

那幾個登徒子說著就對許三清把手拉腳，又是這樣的人，為什麼，為什麼每個人都那麼可惡，為什麼每個人都那麼不堪！許三清一腔邪火正無處發洩，連師父的訓導「不可對平民動工夫」都忘了，咬牙切齒地捉住那隻往他腰上摸的手，「喝」一下便把人摔翻在地。

這幾個人撞到了槍口上仍不知悔改，嚷嚷著把許三清圍了起來，不到片刻工夫就被許三清揍得口腫面青，連爬帶滾地往外逃，許三清仍不解恨，正想追上去打，一隻纖長幼白的手輕飄飄往他肩上按了下來，按得許三清動彈不得之餘，也一併按滅了他心頭那把邪火。

「咦？」許三清詫異地回過頭來，卻見詠真斜挑著眼睛站在他身後，仍是一身黑衣黑髮紅腰帶的打扮，只是黑髮用白玉簪子挽成髮髻罷了，「你怎麼會在這裡？」

「跟我走。」詠真收回手，便往一處小巷子走。

許三清滿腹狐疑，仍在原地不動，詠真回過頭來道：「剛才你打的人，裡頭有兩個都是官家公子，你要待在這裡等捕快來捉，也隨便你，反正你有少卿大人撐腰嘛。」

一提蘇星南，許三清便緊抿著唇，大步跟著詠真走了。詠真「呵」的輕笑一下，幾步之間，便把他引到了自己房間裡。

方才那地方與雲壇相距何止十里，詠真卻能轉瞬便到，許三清又再一次驚訝於他的道行了：「這個，是什麼道理？」

「縮地術，你該不會沒聽過吧？」詠真隨手拔下髮簪，往美人榻上一歪，仍是周身懶洋洋的性感，「剛才你太生氣了，我不得不把你一盞肩燈按滅了，要不你繼續瘋下去可就壞事了。時近黃昏，容易逢魔，你現在這裡歇歇，等緩過來了再走。」

人的精氣神從兩肩與頭頂往外發散，此三處陽氣最強，是以民間有「三盞燈」的說法，民間說走夜路時不要回頭，因為回頭時便把一盞燈弄滅了，妖魔鬼怪便容易附身，修道人能控制自身靈氣精神，「燈」不容易滅，但如果像許三清那樣怒火攻心，陽氣發散旺烈，便如同火焰一般燒心遮眼，詠真滅他一盞燈，才讓他恢復了冷靜。

許三清回想便覺後怕，若是自己失手打死了人，這罪孽就深重了，他抱拳正色向詠真作禮：「感謝道友出手相助，否則我鑄成大錯，一定追悔莫及。」

「哎，你這小不點的，還學人家官腔官調，無趣。」詠真擺擺手打發他坐下，「你要想真的謝我，就滿足下我的好奇心吧，什麼事能把你氣成這樣啊？」

「……師門不幸，出了孽徒，所以才會憤怒不止。」若不是燈火暫滅，精神有些頹靡，情緒沉鬱，說不定許三清又要哭了，他垂下頭，讓額髮遮住那哭得紅腫的眼角。

「嘖嘖，還師徒，你都一身精氣外洩了，還裝什麼呢。」

詠真本來只是揶揄，許三清卻猛地抬起頭來，逼問一般道：「你看出來了？你早就看出來他對我，對我有不軌意圖?!」

「啊？」詠真一愣，眨了眨眼，他不可能看錯，這小道長明顯剛剛有過情事，而且精元都外洩了，不像是只為了雙修，「我只不過能看出情欲跡象，至於那人的心意，我又不是他肚子裡的蟲，哪能知道呢。」

許三清聽詠真這麼說，不覺有點鬆了口氣：「我還以為只是我太笨，所以沒看出來，原來你這麼厲害也是看不出來的。」

「人心若那麼容易看透，那這道還修來幹什麼？」詠真雙手疊在下巴下，挑著眼角看許三清，「那人看來儀表堂堂，正氣凜然，是做了什麼大逆不道的事情，才惹得你如此生氣啊？」

「他、他……」許三清看著詠真，倒不知道該如何說明，那事詠真樂在其中，他一定不能體會到自己的生氣傷心吧，說不定還會取笑他大驚小怪，再荒唐一點，說不定會主動去找蘇星南做。

許三清越想越離奇，話還沒有說出一句，就已經生氣得重重地「哼」了一聲：「孽徒、孽徒！」

「唉，火氣又燒起來了喔。」詠真看他臉色走馬燈一樣變換著，不禁發笑，「我若再按滅你一次，可是會傷了你根本的，所以你最好控制一下自己的脾氣。」

「我、我被騙了。」許三清想，反正他再也不認蘇星南這個徒弟了，他愛幹什麼就幹什麼，於是負氣地破罐子破摔，乾脆把事情都說了，「一開始我以為他是真心想要學道的，於是對他千依百順，他總是沒大沒小我也不跟他計較，但原來他只是，只是為了對我做那種事。他騙得我好慘，要是我醒悟得慢一步，就、就已經什麼都、什麼都……」

「哦，那種事是哪種事啊？」詠真眨眨眼，咦，這小道士原來對情事毫無理解？慢著，那他這一身氣息是怎麼回事？

「就是，就是那些人跟你做的事啊！」許三清臉都紅了起來，那讓人顫慄的快感仍在腦子裡殘留著，讓他渾身雞皮疙瘩都起來了，他不禁揉了揉手臂。

「哦？他怎麼騙你的，插進去了沒？」

「哈啊？」許三清一愣，不只是臉紅了，直接是臉燒了起來，「沒有，才沒有！」

「嗯？那他是只用手給你弄了？」詠真好整以暇地打量著他，他天生便對情欲之事處之泰然，接觸的人不是浪蕩子便是衛道士，像這樣情竇初開似的的小孩子，他還真沒見過。

「一開始只用手……後來、後來……」許三清不覺捂住了嘴，不行，那樣羞恥的歡好方式，他說不出口。

「嘖嘖，有什麼好害羞的，七情六欲皆是自然，不順從自然，如何修煉心性？」詠真從櫃子裡翻出本春宮圖，嘩啦啦翻到了口舌歡愉的那一頁，「是這樣嗎？」

不堪入目的圖案撞進眼裡，許三清連忙別過臉去，心跳得砰砰直響，詠真笑道：「那就是了……聽你說法，他至少給你弄過兩回，第一次是用手，第二次用嘴，那昨晚他都有什麼動作？有沒有試圖進入你身體裡，哦，就像這樣……」

詠真說著，便把那頁真正交合的圖片塞到許三清眼前，許三清只覺得腦袋轟得一聲炸響了，跳將起來罵道：「沒有，我都說了沒有！你幹嘛還要問那麼仔細。你、你故意羞辱我，你們都是一類人！」

第二十四章

「故意羞辱？」詠真翻個白眼，「就算我是故意笑話你，但說句良心話，你覺得你那寶貝徒弟跟我是一類人？」

「你、你們都、都……」

許三清「都」了半天也沒「都」出個所以然來，詠真輕笑一聲，站起來搖曳多姿地把許三清按回椅子上，「你自己都沒搞清楚，我好心好意給你指點迷津，你還汙衊我故意羞辱你，小道士，你可真夠不識好歹的啊。」

「我哪裡有不識好歹！」

「那你倒是告訴我，你那寶貝徒弟給你做了兩次，卻都只讓你爽快，自己憋著忍著是為什麼啊？」

詠真說話一向直接，如今這問題也一樣問得直接，許三清羞著羞著也習慣了，不禁順著他的問話思考起來：「我、我怎麼知道……」

「許三清，你也是個男人，你也知道憋著出不來有多難受，而一個男人願意只讓你舒服暢快，還不止一次，你說他是為什麼？」詠真伸出一根手指戳了戳許三清額頭，「你要是不情願，就不會讓他弄第二次了。」

「可是、可是我並不知道這是什麼事情啊！」許三清仍是惱怒，「他騙我，他說這事只是身體長大了必須經歷的事情，他沒告訴我，這是、這是……」

「所以你到底是生氣他沒跟你說清楚，還是生氣他對你做的事情？」詠真都懶得跟他繞圈子了，打個呵欠回到美人榻上，「你總是說不知道他在想什麼，那我問你，你自己呢，你喜歡他嗎？」

「喜歡啊，」許三清一頓，又補充道，「我不喜歡他怎麼會收他為徒？可這種喜歡又不是那種喜歡！」

「哦，這種喜歡是什麼喜歡，那種喜歡又是什麼喜歡？」詠真皺眉。

「呃，我、我說不上來……」

「我問你，你如果看到他受傷看到他難過，你會不會自己也很難過？」

詠真忽然正色問道，「不是那種廉價的同情，是不惜把自己所有的東西都給他，只想讓他重新笑出來的那種難過！」

許三清一愣，半晌說不出話來。

——這樣做你真的會開心起來？

他記得自己曾經這樣問過。

只要他能開心起來，哪怕是做那樣的事，他也願意？

許三清覺得耳邊轟隆隆地響，好像有幾十個五行天雷在他腦子裡連番炸裂，把他所有過往都炸成了一地瓦礫，怎麼都砌都砌不回來從來簡單樸素的模樣了。

詠真看他兩眼發直，便知道他才剛剛開始意識到你情我願的問題，也不吵他，慢悠悠地挪到梳妝檯前，抽了把紅色珊瑚梳子來梳頭髮：「我待會要跟人玩，你自己在這裡待著，別亂跑。被人連皮帶骨吞了，就別怪我沒提醒你了。」

「……謝謝你。」許三清覺得氣海一片空虛，渾身有氣無力，他從來都不知道思考竟然也是如此費力的事情，「你、你明明是個道士，為什麼對這種事情那麼清楚明白呢？」

「哦，你認為我這樣也算是個道士啊？」詠真停下手，從鏡子裡看著許三清的臉發笑。

「你還堅持著做功課，我見過你用拂塵，武功身法十分高超，而且你能輕易破掉淨滅咒，還會五鬼運財跟縮地術，我不相信一個混著過日子的人能夠把這些都做到。」許三清抬起頭來，透過鏡子跟詠真對視，經過光影折射，詠真的眼神似乎柔和了不少，「而且，你對我那麼好，我搗亂你的事情，你只是送我走，還救了我不讓我殺傷人命，又開解點化我，如果你對道門沒有一絲情分，又怎麼會這樣做呢？」

「你明明能體會到一個陌生人那麼細微的善意，為什麼偏偏對他捧到你眼前來的熱心肝視而不見呢？」詠真說這話的時候低下了頭，他緩慢地搖了搖頭，往許三清招手道，「過來幫我梳頭髮吧。」

「嗯？喔。」雖然不明白梳頭髮跟他們說的話有什麼關聯，但許三清還是過去拿了梳子，給他梳起頭髮來。

詠真的黑髮順滑得跟絲綢似的，梳子放上去都打滑，許三清一邊驚訝真有這樣美麗的頭髮，一邊把頭髮分開上下兩層，準備挽髻。

手指觸碰到詠真的頭皮時，許三清頓了頓。雖然頭髮沒有溫度，但在這層層黑髮覆蓋下的頭頂應該是略帶餘溫的才對啊，即使溫度不高，可詠真的頭皮摸起來跟大理石一樣冰涼，這可完全不合常理啊。

「我收起了護身法力，你可以繼續摸別的地方，看看我是不是冰冷的。」詠真挑起眼眉來，從鏡子裡可見許三清已經驚訝地微張著嘴巴了。

「你、你……」雖然說天地生靈都能修道修仙，但「生靈」肯定是有溫度的，哪怕是玉羅山的玉靈也是觸手溫潤的暖玉馨香，可是詠真竟然冰涼無溫，難道死人竟然也能修道？

——飛殭！

許三清倒退三步，牙關打顫。傳說殭屍修成妖之後可變化為魃，變魃之後的殭屍能飛，也稱飛殭，據說可以殺龍吞雲、行走如風，絕對能算是殭屍之王了。

但是，飛殭，也就旱魃，所到之處赤地千里，終年無雨，可詠真在京城也有數年時間了，京城從來沒有鬧過旱災，那麼，他應該不是飛殭啊！

「你到底，是何方神聖？」許三清深呼吸一大口氣，才壓著恐慌直視詠真。

詠真慢悠悠轉過身子來，慢悠悠地站起身來，扯開紅腰帶，一身黑袍滑下，許三清趕忙閉眼，卻又馬上睜開眼來。

那衣服底下的身體綿密地覆蓋著一層雪白的毛，一條蓬鬆的狐尾在詠真身後懶洋洋地飄曳著，雖只有一尾，但那白毛上滿是一圈圈淡淡的金紅色法印，似妖非妖，似神非神。

「你、你是狐妖？」許三清搜刮盡了腦袋才想到一本講解鬼怪的典籍上提及過的狐妖，「九尾狐？天狐？」

「嘖嘖，九尾狐有什麼了不起，不就多幾條尾巴嗎？我還嫌占地方呢。」詠真走過來，打個響指，尾巴跟白毛便都隱去了，衣服也「嗖」的一下披回了身上，他挑起許三清的下巴道，「我是魈，萬狐一魈的魈。」

魈，精氣所化，夜生晝滅，無溫。

許三清皺了皺眉頭：「魈那種羸弱的小精怪，怎麼會修煉到你這樣厲害？」

「你說的魈是普通的精氣所化而成，而我是成千上萬的狐狸死前怨氣所化的狐魈。」詠真道，「成千上萬堆積如山的狐狸屍體啊，光是血就把青丘山頭染了個大紅，何其壯觀。」

許三清大驚：「為什麼會有那麼多狐狸屍體?!」

詠真白他一眼：「笨，因為有人屠殺啊。」

「誰這麼殘忍！」

詠真聳聳肩：「一百多年前的事情了，忘了。」

「忘了?!」許三清難以置信地瞪大眼睛，「可是你、你沒有一絲暴戾之氣啊？」

「……我這不是修道了嘛，修了那麼久還一身戾氣，真君們都要慚愧了吧?!」

「原來你是為了壓抑自身戾氣而修道的，很好很好。」許三清豁然開朗，眉開眼笑，「如果世上暴戾之人都像你一樣，那就天下太平了。」

「呵呵，你太抬舉我了，我可不覺得自己手染鮮血有什麼不好，我只是跟人打賭輸了，才迫於無奈修道的，從來都不是為了要得道長生成仙飛升。」詠真垂下眼簾來，「修著修著實在修不下去了，隨便找個男人來歡喜一下，既增進道行又能排遣無聊，一箭雙雕嘛。」

「所以你其實是修煉到了瓶頸，又因為找不到道門中人交流突破，才要用雙修的法子來突破？」許三清總算把自相矛盾的詠真給理解過來了，「那個跟你打賭的人，看你這麼辛苦，也不來指點你一二？」

「是啊，多殘忍的人，早晚我就把他找出來打他一頓痛快，然後就不修這道了。」詠真嘴上十分敷衍地應答，卻是為自己終於被人理解了而感到一絲欣慰，嘴角也不禁泛起了淺薄的微笑。

「哎，如果你真是為了修行，我也不好說你什麼，但我覺得，這個雙修的法子一定不是正道，要不你也不會那麼久還……」許三清眨眨眼，「要不你跟我一起離開，我們到別的地方去，一定會遇到一些仍然堅持修行的道友，再尋突破之法？」

「小道長，你是沒明白。」詠真無奈搖頭，「我修道不為道，只是不修下去，我就不知道自己該做什麼才好而已。如果一直沒突破，那我就一直這樣下去吧，總有嫌煩的一天，到那時候我就叫天雷劈一下，褪了這身道行，好好地看看月亮星星，等它們慢慢沉下去，然後隨著第一絲陽光灰飛煙滅就好了。」

灰飛煙滅，這樣的下場還能說「就好了」，這隻由成千上萬的狐狸怨氣所化出來的彪，到底每天都在承受怎麼樣的仇恨折磨？許三清低下頭去，默默伸手去捧起詠真一把黑髮：「我繼續幫你梳頭。」

詠真笑笑，坐下來讓他梳頭：「別把我想得很慘，我過得挺自在的。」

「是嗎？」許三清喃喃自語，「如果你真的很自在快活，那就好。」

詠真一愣，忍不住回過身子來，揉了揉許三清的頭髮：「你真是個傻瓜。」

許三清心裡漫起七分惆悵來，蘇星南也喜歡這樣揉他頭髮，從前他只當他故意捉弄，但現在他從詠真眼裡讀到了憐惜，若不喜歡一個人，是做不出這個舉動來的吧？

詠真看著許三清，眼裡卻並非他的模樣，但有什麼關係呢，總之他們都是好人，都是很好很好的人。溫柔的笑容還沒來得及完全展開，忽然他兩眼一凜，推開許三清往門前走了兩步：「呵呵，又來一個傻瓜。」

說著，他也不管許三清錯愕，披散著一頭黑髮便走了出去。

扶著雕花欄杆往樓下花廳張望，便看見一個坐沒坐姿的懶腰骨正歪在一張躺椅上，懷裡摟著個花姑娘，吧唧著嘴喝酒的熟悉身影。

——喲，這不是九代單傳絕不搞南風的上官大人嘛？

唇角彎起一個玩味的邪氣弧度，身體對於歡愉的快感記憶深刻，舌尖便不由自主地舔了舔下唇，詠真捋了捋長髮，步履搖曳地往花廳晃下去了。

上官昧也不只是單純來喝花酒，在他對面榻上的青年正是蘇星南的大哥蘇星泰。上官昧花了點時間去搞清楚那引魂丹的配方，接著便來這裡尋蘇星泰，想從他身上騙幾顆丹藥來，若檢驗出配方成分一樣，那便人證物證俱在，該移交法辦了。

「上官大人，自從你上任就很少跟我們一起玩了，大家還以為你修身養性了呢，怎麼今天重出江湖了？」蘇星泰見到上官昧也覺得意外，因蘇星南跟上官昧交情甚好，他跟上官昧便無甚私交，今晚忽然在歡場相遇，他心中暗揣這是個拉攏他的機會，便讓那些美人妖姬都逢迎了過去，自己只在一邊喝酒。

「唉，公務纏身啊，好不容易混了幾年，總算把關係摸透了，才敢稍微放鬆一下。這溫柔鄉的景致也是日新月異啊，哎喲喲，看著小娘子的唇。」上官昧調笑著香了一口懷裡美人的櫻桃小口，「豔色承朝露，未語花先覺，月映清輝滿，爭若人間雪。」

「好個爭若人間雪，上官大人又要教小姐們為你一首詩爭斷紅綾了！」蘇星泰拍手叫好，「還不叫人寫好裱起來？」

「哈哈，遊戲之作，何必認真。」上官昧大笑著擺手，「蘇大少爺，跟你一起真輕鬆啊，令弟那個嚴肅臉真是讓人不得舒爽。」

蘇星泰從容笑道：「舍弟是正經了些，但大家平日公務已經甚多了，得空娛樂一起也是好事嘛！」

「唉，我又何嘗不想多多來探望一下這些嬌俏的小姐呢。」上官昧臉有難色，把懷裡的人推開到一邊，坐直身子，深深地嘆了一口氣。

蘇星泰見狀，便讓眾美姬退下，悄悄問道：「上官大人有什麼難言之隱嗎？」

「這、這個啊……」上官昧故意糾結著眉頭，欲說還休，「這個……事關男人面子的事情……我……」

「哦，在下明白了。」蘇星泰心領神會，從袖籠裡掏出一個油紙包往上官昧手裡塞，「一點小小的情趣，上官大人可以試試。」

「唉，這種東西沒有效果。」上官昧才不是為了這普通的媚藥而賠上自己的尊嚴，「我可能一輩子都……唉……」

「上官大人，你有所不知，這不是一般的媚藥，並不是只讓人金槍不倒的，還能強身健體，從根本上治療好。」蘇星泰像個神醫一樣擺出高深莫測的表情，「你們大理寺裡的也有人服用呢。」

上官昧皺眉：「可是湯推丞的兒子不是才犯了癲病嗎？朝廷裡早有風聞

他是亂吃丹藥……」

「唉，湯公子吃的什麼藥我可不知道，但我這藥，你大可放心。」蘇星泰壓低聲音，湊過頭去跟上官昧道，「這藥是有來路的。」

說著，他豎起一根手指，指了指天空。

上官昧心裡咯噔一下，詠真曾說過這引魂丹是要引一個皇族的靈魂去附身到別人身上，當時他因為皇家子弟都還健在而認為不可信，但如今蘇星泰暗示此藥是從皇宮大內流出的，那事情便複雜了。

不，不要先入為主，說不定這根本不是什麼引魂丹，只是大內調配給皇家子孫強身健體的補藥而已呢？

「那我先謝過蘇公子。」眼前忽然一黑，身體一沉，一個不算重卻也絕對不輕的物體倏然往他膝上一坐，險些把他壓翻榻上，抬頭便對上了一雙笑意盈盈的眼睛。

「上官大人，得了這麼好的藥，今晚我給你試藥好不好？」

上官昧真要眼前發黑了，他強忍著一拳呼過去的衝動，乾笑兩聲把詠真往蘇星泰那邊推，「哈，素聞詠真先生大名，可惜我們不是一路人，欣賞不了先生的雅致啊。」

詠真曲起一條腿勾住上官昧的腰，露出一片雪色的柔韌大腿，把隔壁的蘇星泰看得眼都發直了：「大人，你沒試過就沒資格說不喜歡喔。」

——去你的，都試了一天一夜了，還沒資格?!

上官昧明知道他故意搗亂，卻礙著蘇星泰的在場，要裝出浪蕩的模樣，便只能繼續附和：「客隨主便，今晚是蘇公子作主。」

「上官大人太客氣了，哪裡有什麼主客之分呢，大家都是來開心娛樂罷了。」蘇星泰雖風流，卻也不是沒有分寸的，他旨在拉攏上官昧，便大方地把人拱手相讓了，「上官大人，詠真先生可是從來都沒有主動邀請人呢，你這風流才子果然非同凡響，出場便把我們都比下去了。」

「是啊，詠真方才聽大人吟詩，才華實在讓人折服。」詠真越說，上官昧就越來越覺得脊背生涼，「春宵一刻啊，大人我們走吧，啊？」

「咦？這……等下……」腰間被點了一下，上官昧頓時身不由己地隨著詠真一起起身走開，兩人直奔樓上空廂房，砰的關上門，便把蘇星泰那豔羨的目光隔絕了。

上官昧進了房，發現自己能自由活動的時候，便立刻跳開了丈八距離，警惕地盯著詠真道：「你又想怎樣，我這次可沒有惹你！」

「嘖嘖，上官大人，你那麼害怕我幹嘛呢？」詠真笑不慌不忙地斜靠到榻上，「害怕我吃了你不成？上次明明是你吃掉我的嘛。」

「……你非要如此辯駁，我也懶得跟你爭辯。」上官昧懶得跟他計較，他走到窗邊，推開窗戶來目測起樓高來。

「用不著跳窗逃走吧？」詠真皺眉道，「你不是剛剛拿到了藥嗎？我可以免費幫你看看是不是引魂丹嘛。」

「先不說我不相信這樣的東西存在，即使我相信了，我也知道檮杌魂魄不是隨便就能得到的，湯繼威吃的藥丸有那東西，這藥丸又有？神獸集體自殺嗎？」上官昧一邊說，一邊就原地跳了幾步，打算試試從窗戶跳出去了。

詠真一個箭步上前拉住他的手臂：「你就那麼不想見到我？」

「我趕著辦案，並不是故意輕蔑你。」上官昧疑惑地轉過頭來看著他，「難道你很想見到我？」

詠真一愣，壞了，剛才跟許三清談論太多了，倒把自己的心緒弄複雜了，但他不能否認，當他嗅到上官昧的氣息時，是有那麼一絲歡喜的，他以為他是來找他的，卻不想他只是來辦案。

「我只是好奇這丹藥的案件為什麼如此勞師動眾。」

「聖上不許京中有修道修行之人，光是煉丹，就已經是大罪了，何況還把人弄得瘋癲發狂？」上官昧低頭看著詠真拉著自己手臂的手，「詠真先生，先前多有得罪，但如今事態嚴重，先讓我處理了案件，再談私人恩怨行不行？」

「……你跟我沒有恩情，也談不上私怨，不要自以為是。」詠真鬆開手，稍稍後退一步，「烏燈黑火的，還有什麼官衙辦事？」

「有啊，大理寺全天候命，只要有冤屈，儘管來找我。」上官昧笑了，猛一伸手捏著詠真的下巴道，「公事私事都可以。」

「……你太入戲了，小心你那九代單傳的香火斷了後。」詠真撥開他的手，上官昧沒有反駁，輕輕一躍跳上窗臺，幾步之間，便已經踩著鱗次櫛比的屋脊消失在夜色裡了。

——咦，懶得坐都坐不好的身骨，竟然武功不差？

詠真摸了摸下巴，忽然扶著窗臺蹲下了身子。

枕草，我真的快修不了這道了，你到底在哪裡？

上官昧得了丹藥便火速送到了醫廬讓大夫鑑別成分，然後才返回大理寺準備記錄卷宗。時已夜深，除了幾個值夜的侍衛，寺署裡一片昏暗。

上官昧回到書房，剛推開門便發現裡頭有人的氣息，條件反射就打了再說，一掌擊出，被對方一個格擋攔下了：「是我。」

「烏燈黑火的你也不點個燈！」上官昧認出蘇星南的聲音，才鬆了口氣，點上燈燭，亮光泛起，他卻愣了一愣，「你怎麼了？」

「上官昧，你追求人最厲害了，你告訴我，我該怎麼樣才能哄回三清？」只見蘇星南失魂落魄地盤腿坐在地上，一日不見，精神卻像老了幾歲，十分頹靡。

「吵架了？」上官昧也蹲下來身來，「告訴本公子你們因何吵架？」

「他覺得我欺騙了他，雖然我的確對他有所隱瞞，但我不是存心欺騙，更加不是為了他所說的目的而欺騙他。」蘇星南說話都不俐落了，反反覆覆地重複著欺騙與否的問題，「怎麼樣才能讓他原諒我？」

上官昧憑著過人的才智，以及雄辯聖手的邏輯理解了蘇星南的話，並且作出了放諸四海皆準的指導：「既然你不是因為他以為的目的而欺騙他，那你就把真正的目的告訴他啊，許公子看來也不像執拗的人，你誠心坦白，他大抵都會原諒你的。」

蘇星南緊皺眉搖頭：「不行，不能告訴他。」

「為什麼不能告訴他？是因為什麼部署機密？」

「不是，總之就不能告訴他。」蘇星南兩手撐著額頭，用力地按著太陽穴的位置，「他以為我不是真心學道，但我是真心的，雖然也有其他原因，但是難道我想吃飯，就不能同時吃菜嗎？這兩件事並沒有矛盾啊。為什麼他就是不相信我呢？」

「因為你只顧著吃菜沒怎麼動過飯，所以他以為你其實不想吃飯？」上官昧也想扶額，他不知道自己過人的機智能夠支持到什麼時候。

「……啊，原來如此！」蘇星南恍然大悟，兩眼迸出精光來，他用力捉住上官昧的肩膀，激動地道謝，「上官昧，你果然厲害，醍醐灌頂啊。」

「哎哎哎，能幫助到你就好了。」哎呀喂啊，我真是太厲害了，竟然說著飯菜就讓人茅塞頓開了。

「我要展示給他看，我也是十分喜歡米飯的，我能做到的、我一定能做到！」

蘇星南說著就猛然站起來往門外走，上官昧拉住他：「這麼晚了，官轎轎夫都睡去了，你自己一個人怎麼回家？叫個侍衛送你？」

「不，我不回家。」蘇星南認真地說道，「我要去找三清。」

「蘇大人，你作為一個路痴，願意為了許公子說出這番話我是很欽佩的，但朝廷命官在京城裡迷路了不知所蹤要發皇榜尋人，這實在很難看啊。」

「不，我要靠道術來找到他！」蘇星南十分堅定，「他總說我學了道術也不會應用，我現在就用道術的方法找出他在哪裡，開天眼，照水鏡，尋路風，甚至用上河洛斗數，我一定要找到他，證明我是的的確確有學到心裡去的！」

「其實你等天亮以後讓衙差去找也不會慢到哪裡去。」

「不，我一定要證明給他看，我是真的想跟他學道，並不是……」上官昧正豎起耳朵來聽，蘇星南卻是把那最重要的部分吞了回去，他拍拍上官昧的肩膀，豁然開朗地笑道，「上官大人，這次是我欠你一個人情，以後一定回報。」說罷，就風也似的跑了出去，上官昧見反正攔不住了，便只好唉聲嘆氣地往書桌邊上一坐，愁眉苦臉地開始研究怎麼寫尋大理寺少卿蘇星南的皇榜了。

——唉，蘇星南啊，國子監十元老聯名推薦，開科以來第一次被三個主考一同認定的狀元之才，十八歲便被欽點大理寺少卿，怎麼談個戀愛就變白痴了呢？

上官昧腹誹著就笑了，真好啊，都有點羨慕他了。

但他卻不敢細想，自己到底羨慕蘇星南什麼東西。

眾人各懷心事的一夜在雞啼聲中終於過去，上官昧揉揉惺忪的睡眼從案牘中抬起頭來，匆匆梳洗了一下，便趕去醫廬尋大夫去了。

結果卻讓上官昧有點意外，不符合，兩種藥物配方並不相同，蘇星泰給的丹藥只有固本培元的功效，而且效果相當出眾，倒也應了宮廷用藥的標準。

上官昧既為蘇星泰的清白而鬆了口氣，卻也同時為線索中斷而揪心。湯繼威應該不會說謊，但蘇星泰似乎也並非會鬧這種事的人，那到底使人癲狂發瘋的丹藥，到底是什麼來頭？是什麼目的？難道真是詠真說的，是一種懾魂奪魄的邪丹？

不，哪怕蘇星泰的藥真是從宮裡來的，那這私授丹藥與宮外人的行徑也大為不妥，或者，給蘇星泰普通強身藥的人，吩咐蘇星泰把特別的可疑丹藥給湯繼威，從而達到自己的某些目的呢？

上官昧覺得自己快被各式各樣的猜測繞暈了，無論如何，湯繼威的藥從蘇星泰處得到，而蘇星泰的藥從宮裡得到，源頭跟宮裡也脫不了關係，與其在此猜測，不如入宮一趟，看太醫院能否給他什麼頭緒吧。

梳理過一遍思路後，上官昧伸個懶腰蹬蹬腿就準備進宮，唉，這幾天走的路比他一個月走的路都多了，蘇星南，這筆帳我可記住了！

第二十五章

太醫院的首座太醫方籬燕剛過而立之年，身量挺拔修長，容貌也算得上儀表堂堂，但黑白斑駁的鬢髮使他看起來比實際年齡更滄桑了些，雖然仍是壯年，也給人仙風道骨一般的感覺，而太醫院一班白髮蒼蒼的老頭子太醫對他尚算服氣，聽到他說召集開會，也都集中了過來，省了上官昧不少事情。

「上官大人，各位太醫已經在這裡了，有什麼問題，請你直接詢問吧。」

方籬燕神情淡漠，似乎毫不關心太醫院是否被牽涉進什麼禍事，完全不私下打招呼就直接讓上官昧向太醫們問話，一副以示清白的模樣。

上官昧「嗯」的沉吟一下，打量起諸位太醫。他們臉上的神情告訴他，他們顯然不滿方籬燕一副事不關己的態度，但卻並無心虛之象，他從袖子裡拿出幾張藥方，是先前湯繼威那丹藥的藥方，他把藥方裡的藥物分散打亂寫到不同的方子上，想試探一下他對這些藥物有沒有反應。

「各位先生，請大家看看這些藥物，回憶一下最近自己是否有用過這些藥材，是在什麼情況下使用的，事關案情，請原諒上官昧不能詳細解說原因了。」

上官昧雖然不像蘇星泰那樣在朝中拉扯得一手好關係，但到底也屬於大而化之的類型，太醫們也沒有留難，拿過那些分散的藥方研究了起來。

「嗯，老夫曾經用過這一味藥為婉妃治療風寒，其他藥材並未使用。」

「這張方子上的藥材都是平常的藥，我用得挺多的，一下子想不起來都用在何處，要查一下宮中藥案才能想起來。」

「這些藥材在下沒有用過，但那一張藥方上的三味藥材倒是在前日用過，是給瑢公主減食輕身的。」

其實宮中用藥都有醫案記載，太醫不得隨便動用，上官昧早在詢問之前就查看過最近半年的醫案了，再問一遍，只是想看看是否有人自相矛盾露出馬腳，但待眾人都說過以後，上官昧卻發現大家說的都能對得上，就連那固本培元的普通丹藥也沒有人露出馬腳，不禁皺眉。

他皺眉，是因為這情況對應得太好了，這些老頭子年紀那麼大，宮中人數如此多，即使有醫工幫忙，也應該忙得不可開交才對，為何他們都記得如此清晰，沒有任何紕漏？

上官昧向大家道謝了，待他們都離開後，才對方籬燕問原因。方籬燕露出一個略帶嘲諷的笑：「他們就是知道自己年紀老邁，所以輕易不願意給人看病，只給聖上娘娘，還有公主皇子看病，連一些大丫鬟他們都不看，全都打發給醫工們，十天半月不看一個病，當然記得清楚了。」

上官昧挑挑眉，他記得這位方太醫的醫案是最厚的，從洗衣局的奴才到聖上太子，他都為他們治療，真的算得上醫者父母心，難怪對那群老醫生如此輕蔑了：「但即使如此，仍是有一些蹊蹺……對了，太醫院太醫共八人，為何剛才只看到七人？」

「哦，張太醫一個月前父親仙遊了，所以他告假回鄉了。」方籬燕忽然一頓，「這樣說起來，好像他並沒有把醫案整理好。上官大人你稍等，我到他醫廬找一下。」

「我陪你一起去吧。」狡猾如上官昧，自然不會讓人有任何機會銷毀任何證據了。

方籬燕笑笑，並不介意上官昧這略顯小人之心的打算，帶他來到了那告假的張太醫的藥廬，一同翻找起那些未及整理的醫案。

「啊，這張藥方！」上官昧兩眼發亮，從一疊方箋中翻出一張藥方，跟湯繼威服食的那可疑丹藥配方完全相同，只是多了一樣未知的藥物，他把藥方遞給方籬燕看，「方太醫，請問這張藥方是何用途？」

方籬燕仔細看了看上頭的藥材，一臉狐疑：「這藥要是配出來了，雖然吃不死人，但也不會有什麼治療的功效，吃了就跟吃掉一個糯米團子差不多。不過，這一味草藥卻是很罕有入藥的，因為它屬性大補，基本上沒有幾個人能承受得住，所以宮中也只有三、四兩，這方子一下子用掉二兩，十分不合常理啊。」

上官昧一看，方籬燕指著的正是那多出來的一味藥材「回魂草」：「那這方子能看出是給誰看病而配製的嗎？」

方籬燕搖頭：「沒有批註，醫案也無記錄，也看不出藥方對應的病症，請恕我無能為力了。」

「嗯，謝謝。」起碼知道了這邪丹的確是宮中人所配製的，而不是蘇家私煉的丹藥，上官昧懸在半空中的心才算踏踏實實地放下了，「那為張太醫家鄉在何處？具體住址？」

「我得回太醫院翻查一下資料才能找到。」方籬燕說著，便作個「請」的手勢，「請上官大人隨我回一趟太醫院了。」

上官昧對方籬燕這含蓄的嘲諷毫不介懷：「那就勞煩方太醫跟我一起奔波了。」

兩人折返太醫院，取了那張太醫的身分資料，又再翻查一遍張太醫留下的醫案，果然就找到了蘇星泰那強身藥的配方，但這張方子卻明明白白寫著是開給太子李欽作日常強身健體用的，顯然不是什麼宮廷禁藥。

方籬燕看上官昧一臉詫異，也猜到一二，便解釋道：「太子先天不足，雖然平常也有鍛鍊但終究需要後天進補，這藥是太子常年在服用的，太子恩慈，有時見一些官員有些疲乏，便會讓太醫院也給他們送去一些作健體之用，並無什麼異樣。」

言下之意，是這藥即使在民間出現，也不是太醫院的責任，你要怪便怪太子亂給人發藥了。上官昧眨眨眼，伸了個大懶腰：「唉，我最近也睏得很啊，最近很忙呢，方太醫，那大補的藥丸說不定很適合我呢。」

方籬燕微微一笑：「大人休息不足，脾虛濕困，眼下發青，似有輕微腎虛，實在不適合用這大補藥，流幾天鼻血事小，若因此導致心火大盛，肝熱躁鬱，嚴重者還會覺得終日焦慮，產生幻覺，可就得不償失了。」

上官昧也笑：「好吧，那我就不自討苦吃了。方太醫，就此謝過了，我先回去了。」

「大人慢走。」

上官昧匆匆離宮，心裡對於這宗丹藥致人發狂案已經多少有些眉目，湯繼威得到的丹藥是用了回魂草做的，功效比平常的補藥強烈很多，他服食過量，導致出現了幻覺，並不是真的什麼引魂移魂，只是單純的誤服藥物。

但他那受傷以後不能動彈的腿腳又是怎麼回事？上官昧皺眉，摸著袖子裡那包藥粉若有所思。

蘇星南跟他說過招魂的事情，雖然他沒親見，但也記得是要有個道士作法的，如果自己吃了這些藥，在沒有道士作法的情況下，也像湯繼威那樣產生癲狂的幻覺，那不是證明了，這只是單純的濫服藥物，而不是什麼離奇的鬼魂作怪嗎？

所有不可能都排除以後，剩下的就一定是真相，上官昧下定決心去做這道二選一的難題，以身試藥。

為了防著自己真的發狂，上官昧決定還是要找蘇星南跟許三清一起來看著他。

哎，都已經日過中天了呢，蘇星南你這個路痴找到許三清了沒有啊？

蘇星南在距離雲樓兩個街口的地方，疑惑地看著皺眉駐足。

天子腳下，他不敢拿羅盤或符籙出來探路，全憑心算跟開天眼追蹤那微弱到幾不可覺的道門真氣。繁複的計算極耗心力，天眼的維持也耗費著靈力，一天一夜下來，蘇星南幾乎不支暈倒，他在一處茶攤歇著，剛剛開始修煉不久的靈力實在無法再支持下去了，想要先把天眼合上。

這時一個小丫鬟從他身邊經過，身上竟然帶著一點淡淡的殘留真氣！

蘇星南像個變態一樣跟蹤著那小丫鬟一路走去，卻發現那一個街區裡全是勾欄院溫柔鄉，不禁詫異，許三清怎麼會在這裡？

難道他來找詠真？

儘管自己也對許三清做過狎暱之事，但一想到詠真他就對許三清極大地不滿起來，來找他不等於羊入虎口嗎？他怎麼能這麼傻呢。

蘇星南困倦疲乏，靈力枯竭，全憑一口硬氣支撐著天眼，循著那藍氣，終於來到了雲壇門前。

蘇星南無力地抬起眼來往樓上看，一扇窗推開了，那一縷縷的藍氣終於明晰了起來。

三清，我找到你了……

雙眼一黑，膝彎一軟，蘇星南暈倒了過去。

蘇星南做了個長長的夢。

夢裡有漫天飛舞的飄雪，有漸行漸遠的嗩吶鐘鼓。他逆著風雪往前跑，想要追上那些熱鬧得森然的鼓樂，但無論他怎麼跑，始終無法跟上它遠去的距離。

風刮在臉上，很痛很痛；雪刺進眼裡，很痛很痛；鼓樂徹底消失在天邊，心，也一樣很痛很痛。

他知道那是他非常重視的人，是他非常眷戀的人，但他只能任由他消失，自己連追都追不上。

「蘇星南！」

遠處有人叫他，他抬頭，只見遠遠的街尾有一個模糊的人影，他叫了蘇星南一聲，就轉身跑了。

不要，不要跑，不要連你也離開我！

蘇星南連忙跑過去，但那人已經消失了蹤影，他在縱橫交錯的大街小巷裡迷茫地亂衝亂撞，始終無法找到那個人。

為什麼，為什麼我就是認不得路，為什麼我就是無法找到我重要的人？

蘇星南跪在地上，雪地忽然化作一片血色的紅海，他撲通一下沉了下去，不想掙扎，不願掙扎，就那麼越沉越深。

好累，他已經走得很累了，他只想休息，只想回家。

「蘇星南！」

急促的叫喚自遠處響起，他睜開眼，隔著一層血色看到那個模糊的人影。

他睜開眼，忽然腳下就踩到了地。

那人還在聲嘶力竭地喊他。

於是他奮力往他跑了過去。

身後傳來天崩地裂的聲音，他不敢稍有停滯，只顧向那人跑去，他再也不會迷失，再也不會彷徨，你所在的方向，就是我要尋找的歸宿！

「蘇星南！」

近了、近了，他伸出手臂猛地捉住那人迎接他的手，緊緊把他擁入懷裡。

天地瞬間崩塌。

蘇星南茫然地睜開眼，看著頭頂那水紅色的紗帳，好一會才眨了眨眼。

「蘇星南！」這回的叫喚是真真切切在耳邊響起了，「你看看我，你聽到我說話嗎？你看看我啊！」

蘇星南轉了轉脖子，一陣酸麻脹痛的感覺讓他皺了眉，但待他看清叫他的人，他就什麼痛都忘了：「……三清？師父！」

「你別動。」許三清連忙按著他肩膀讓他繼續躺著，「出了什麼事，是哪路妖魔鬼怪把你搞成這樣？」

「咦？我沒怎麼樣，只是有點累……」蘇星南想坐起來，可一使力，那陣痛楚又再一次噬咬著他的四肢，他只能繼續放棄。

「有點累？你靈力都空竭了你只是有點累?!」許三清抬手就想打他，可看他如此頹靡，還是不忍心，只能生氣地拍了拍床板，「兩天時間而已，你到底是怎麼搞成這樣的。」

「……你不問我是怎麼找到你的嗎？師父。」蘇星南乘機捉住許三清擱在床板上的手。

許三清皺了皺眉，也沒把手抽出來，扁著嘴賭氣道：「你堂堂大理寺少卿，在京城要找個人還不容易嗎？」

「不，我沒有讓官差找你。」蘇星南勉力用手肘撐起一半身子，「我是自己找來的。我用你教的方法，先起水壇，知道你仍在城內，然後用尋路符找出大致方向，每到一個路口便用斗數計算每條岔路的可能遇上你的可能性，實在算不到的時候，就用天眼察看附近可有沾惹過你真氣的痕跡。我全憑道門本領找到你，沒有用別的方法，一點都沒有！」

許三清大驚：「你是說，你開天眼起碼開了一天？」

「沒有一天，最多十個時辰……」

「你嫌命長啊！」許三清不知道該生氣還是心疼了，他反手捉住蘇星南的手掌一口咬了下去，直咬到蘇星南求饒才鬆了口，「痛是不是！你的靈心也一樣痛，你這樣開天眼就相當於在靈心上開一個洞，一時三刻流不了多少血，可一天啊，你這是咬掉它一塊肉！」

蘇星南哭笑不得：「師父，這靈心不也還是我的嘛，我心甘情願啊。」

說著，他拉過許三清的手按在自己胸口上，「況且，心缺一角能讓你原諒我的話，我願意把它整顆給你。」

許三清連忙抽回手，蘇星南以為他要生氣，但他只是低下頭來，抿了抿嘴唇：「你繼續動手動腳，我就不跟你說話了。」

「……師父，你怎麼會在雲壇？」從震驚厭惡到按捺忍受，許三清的態度轉變讓蘇星南警惕大作，該不會是詠真對他做了什麼啟蒙，讓他接受了這男歡風氣吧？

「我、我在街上碰到詠真，就跟他來了。」

「你不是很討厭這裡嗎？為什麼要跟他到這裡來？」蘇星南臉色更差了。

許三清臉色稍變，他才不要告訴蘇星南自己又被登徒浪子搭訕了，「我想找個地方好好想事情，然後詠真其實也不是太壞的人，他做法雖然有點偏激，但也是為了修道，我就……為什麼我要向你解釋啊，你又不是我的什麼人。」

許三清說著說著，才想起他們還在吵架，當即別過臉去，咬著唇不說話了。

「怎麼不是你什麼人呢，我是你徒弟啊。」蘇星南往床邊挪了挪，竭力捉住許三清的手臂，「我承認我對你是存有愛慕之心，但我也是真心要跟你學道的，或者說，我就是在跟隨你學道的過程裡，才慢慢被你的真誠純粹所吸引的。我不是那些人，我有用心學習的，你看，我這不是憑著道術找到你了嗎？」

「……愛慕之心？」許三清臉頰泛紅，「我是男人。」

「所以我才不敢告訴你，我怕你把我當作那些來這裡尋歡作樂的人。」蘇星南歇了口氣，才繼續說道，「我並沒有龍陽之癖，我從前也喜歡過楊雪小姐，但我遇到了你，我就情不自禁了。我知道我騙你自瀆很卑鄙，但是，但是我不都沒有，沒有跟你雙修嗎？」

說到這個詞時，蘇星南發現自己居然也一起臉紅了，他咳咳兩聲，繼續誠懇道歉：「心愛的人在面前滿臉春色，我還能堅持下來，你明白這有多難嗎？你也多少體諒我一下啊。」

許三清不斷搖頭：「不明白，不體諒！」

「呃，你想像一下，你餓了三天肚子，然後跟前忽然出現一籠熱氣騰騰的蟹黃包，可你還是忍著，告訴自己老闆還沒開張，還不能買，我不能吃掉它，你想，這需要多麼強韌的精神。」

「我又不是包子！」

「可我想吃掉你啊。」蘇星南認真地說道，「這是跟你想吃蘿蔔牛腩一樣急切而單純的欲望。」

「蘇星南！」許三清氣急敗壞地推開他的手，要跟他比口才，他實在無法招架，「你再這樣說話，我就不理你了。」

「別別別，哎呀，我頭好暈。」看準了許三清受軟不受硬，蘇星南乾脆裝軟弱，倒在床上哼哼，許三清果然就靠過來看他了。

「怎麼了？我已經給你合上了天眼，又給你渡了些真氣，應該不會暈了啊？你是不是還做了什麼異想天開的事情。」

「沒有，我就是累，你靠過來說話吧，我躺一下就好。」蘇星南輕易把許三清騙過來靠著他坐了，馬上又開始說話了，「三清，師父，怎麼叫都好，你在我心裡，就是我最尊敬的道門高人，最眷戀的愛慕之人，我願意為你學道修煉，也願意為你赴湯蹈火，我喜歡你，是在喜歡師父的基礎上，再疊加上喜歡愛人的感情，就像一個陣法不夠就再疊加一個，你呢，你對我，又是怎麼樣的感情呢？」

「我、我也喜歡你，但是我現在對你，只有對徒弟，對朋友的喜歡。」許三清輕嘆口氣，輕輕拂上蘇星南前額，對方順從地瞇上眼，他便像揉貓咪一樣推揉著他眉間，「我不知道以後會不會有疊加的喜歡，也不知道這樣做到底對我教派傳承有沒有影響，如果有，我又會怎麼樣取捨。」

「我不是蘭一或者詠真，他們能很快想清楚，知道自己的目標，所以為此可以犧牲其他的事情，我還是想不通，我不知道我想要的到底是什麼，所以我很害怕，如果我現在放棄某一樣事物，但後來發現那才是我想要的，那可怎麼辦呢。蘇星南，我不能回答你這個問題，現在不能。」

也許是因為蘇星南閉上了眼，許三清說得特別多，也特別誠實，他不把自己當作他的師父，也不是情人，甚至不是朋友，他只把自己當作一個隨便在街上跟他相遇的路人，清晰地告訴他，我也只是一個普通人，我也會迷茫，我也會害怕。

蘇星南安安靜靜地聽許三清說完才慢慢睜開眼，紫得發黑的眸色泛著一層異樣的神采，他胸口劇烈起伏著，彷彿聽見了什麼天大的喜訊而壓抑著狂喜的心情。

許三清說他會迷茫會害怕，蘇星南沒想到，原來他在許三清心中的分量，竟然是可以跟他振興門派光復門楣的理想等同的。哪怕誤會了跟他在一起就無法學法修道，他也沒有斷然拒絕這個可能，他在迷茫自己到底是該跟他在一起，還是該繼續修真學法。

許三清看他呼吸急促臉紅耳熱，以為他有什麼痛苦的感覺，連忙把他掌心翻過來把自己掌心貼過去，想要渡真氣給他，可手心相抵的時候，蘇星南就一把用力把他拉了下來，摟著他把他壓到自己身上，即使渾身痛得骨頭都快炸了也不放手。

「謝謝你、謝謝你！」

「唉，你別亂動啊！」許三清趕忙支起手肘撐在他身側，「你哪裡不舒服？」

「我沒事，我真的沒事。」蘇星南激動地手都發抖了，顫抖著撫著他的背，「我不急，你慢慢想，我不會離開你，我會一直跟著你，你什麼時候想到了答案才告訴我，我會等你，在你接受之前，我不會再做讓你不喜歡的事。」

許三清一時語塞，「哦」了一聲便僵在原處。蘇星南沒有逾矩，手規規矩矩地搭在許三清背上，只想這樣再跟他待一會兒。

第二十六章

「要親熱的話請到別的廂房，我要休息的。」

冷不防一聲冰涼的調侃，許三清連忙跳下地來，往那冷言相向的人走過去：「占了你的床對不起，可是蘇星南他靈力耗損過度，你讓他再歇半天可以嗎？」

詠真一夜都在那個廂房裡假裝跟上官昧纏綿，一進門就被閃瞎了眼，脾氣更加刁鑽了：「想趕快恢復靈氣還不容易嗎？我馬上跟他雙修一場，保證他活蹦亂跳了。」

「詠真道長！」許三清哭笑不得，「你就行行好嘛，你也累了，到這邊歇息一會吧，別鬥嘴了。我去給你弄點吃的？」

詠真這才不情不願地往美人榻躺了，嘴裡仍是嘮嘮叨叨的：「你叫廚房給我做個燉雞湯，要用上三兩人參，我昨晚被人氣到了，可要好好補回來！」

「好好好，你們都是傷患，就我活蹦亂跳，就我該服侍你們。」許三清看看美人榻上的詠真，又看看紅羅帳裡的蘇星南，心裡不禁泛起一陣奇妙的欣慰。

這兩個美人，都是剔透絕頂的聰明人，卻又有不同的追求，完全不同的性格，卻能在傻乎乎的許三清的周旋下好好地共處一室，難道這就是所謂的大道無行，殊途同歸？

於是傍晚時分，吃飽睡足的上官昧得了消息而踱著步子走進雲壇時，看見的就是一幅三個人窩在一個廂房裡各據一方，比誰更懶一些的場面。他站在房門外側目：「嘖嘖嘖，看不出往日正直穩重的蘇大人今日竟玩起了三人行，真是世事難料，人心易變啊。」

蘇星南已經恢復不少，也正準備起身告辭，但聽上官昧出言挖苦，便也抬起槓來，「上官大人的語氣好像十分豔羨，難道九代單傳，天上地下第一直男的上官大人也開始思慕南風了嗎？」

蘇星南話音未畢，詠真就「呵呵」笑了一聲，眾人詫異地轉過頭來看他，他又不理不睬地繼續歪在美人榻上翻春宮圖譜，好像剛才笑的不是他一樣。

「呸，蘇星南，你跟蘇星泰果然是一家人，下流話說得順口！」上官昧自然知道詠真在笑什麼，便趕忙轉移話題，「這次你蘇家欠我一個大人情，你可得好好報答我！」

「丹藥的事情查清楚了？」

蘇星南斂起玩笑神色，許三清走過去把上官昧拉進來，關上房門：「進來說話吧上官大人，詠真道友只是嘴硬，並不是真的介意。」

「喂，你們把我房間當作什麼地方？」詠真看這三人儼然把這裡當密室一樣會談起來，不禁皺眉，「要密謀造反回你們自己的地方去，拉我墊背呢？」

上官昧看他一眼：「其實我也覺得，我們該回大理寺再說。畢竟案情相關，不應該讓無關人員知曉。」

「無關人員？」詠真柳眉一挑，倏一下竄到了上官昧跟前，勾著他脖子道，「是誰昨晚用不舉作藉口騙蘇星泰給你藥的？是誰裝出跟我在雲壇廝混然後偷偷溜出去辦案的？上官大人，過河拆橋也不能當著水泥匠的面前拆啊。」

蘇星南瞪大眼睛：「你找我大哥騙了丹藥？真是他做出來的？」

「唉，你別聽他說頭不說尾的！」上官昧擺脫詠真，拉過一把圓凳坐下了，「這次的案子我查得八九不離十了，你大哥只是一個中間人，他是從宮中一個太醫手中得到了這些號稱強身健體的藥。但那些藥卻有兩種，不知道是湊巧還是那太醫特意吩咐，給了湯繼威的那種藥跟其他王公子弟吃的都不一樣。其他人吃的，跟你大哥自用的藥沒有問題，而湯繼威的那種丹藥也沒什麼問題，只是多了一味奇怪的藥材，那藥材有可能會使人產生瘋癲的症狀。」

「使人產生瘋癲症狀的藥材？你是說，這跟什麼引魂沒有關係？」蘇星南一愣，根據典籍記載，藥材也的確有可能產生氣，比如千年人參，難道說他們一開始想的方向就不對，那紫紅色的氣不是什麼神獸的魂魄，而是宮內收藏的珍稀藥材？

許三清馬上搖頭：「不可能，我看錯了還能說得過去，可詠真……」

「我什麼都沒說。」詠真打個呵欠，「我只是解釋了什麼叫引魂丹，其他都是你們自己推斷的。」

上官味道：「要知道到底是藥物本身有使人發狂，還是真的有什麼魂魄搶奪身體，試過便清楚了。」

「怎麼試？」蘇星南一愣，「最近天牢沒有死囚……」

「我自己試啊。」上官昧不以為然，「大不了被許公子當野豬拍一拍，又死不去，沒什麼可怕的。」

詠真皺了皺眉，緊緊盯著上官昧，張了張嘴，卻是欲語還休。

許三清也皺眉：「雖然理論上，這引魂丹沒有人作法，也是不起效的，但這個藥是失敗作，不知道會有什麼意外啊。上官大人，你不用自己試藥吧，找個貓狗兔子就……」

「動物跟人的身體構造不同，有的藥材在人身上有效，到動物身上卻試不出結果，我知道這個舉動有些風險，但也只能如此。」

「我來試，這本來就是為我蘇家洗脫關係的，應該由我來試藥。」

蘇星南才剛開口，上官昧就白了他一眼：「你這副腎虛氣弱的樣子，就不要逞英雄了。」

「吵來吵去煩不煩？」詠真「啪」一下拍了拍桌子，「不就吃個藥，儘管吃，我看著，死了我也能把你魂魄聚回來。」

「咦？」上官昧有點意外，「你要來幫忙？」

「你吃你的，我看我的，幫什麼忙！」詠真再不廢話，衣袂一甩，袖風啪啪啪地甩了每人一個嘴巴，「現在都給我回去，明天在大理寺門前，當天湯繼威發作的時辰試藥，再吵就抽到你們再也說不了話！」

這耳光打得不重，卻震懾十足，不說許三清，連兩位大理寺少卿都愣了半晌，才「哦」了一聲，乖乖地垂下頭。

啊，不愧是萬狐一魃啊，稍稍爆發那戾氣就已經具有如此厲害的威懾力，還是已經修行了百年以後心性，不知道在他剛剛凝化成形，野性凶悍的時候，會是什麼樣的呢？

許三清稍微幻想了一下，就已經渾身發冷了，還是現在這樣好。

可是，那麼暴戾凶殘的魃妖，是什麼人敢跟他打賭，成功讓他修道煉性，還一修就是一百年的？

許三清扶著蘇星南離開雲壇，踏出門口的時候不禁回頭，看向詠真房間的那扇窗。

大概，又是一段一言難盡的往事吧？

翌日同樣的時辰，四人如約來到大理寺，詠真往那裡一站，就有不少途人側目，最後大家商量，還是回到書房裡去試藥。

上官昧在眾人的注視下把瓷瓶裡的丹藥吞了一顆下去，半晌沒有反應，便道：「要不我再吃一顆？」

「你不是說那回魂草大補嗎？我怕你待會經脈逆行！」

「不就是要這效果嘛。」上官昧聳聳肩，懶洋洋地往椅子上靠，「你們也別這樣盯著我，都坐下自己找點事情做吧。」

「你有什麼不對，立刻告訴我們。」

「當然。」

蘇星南隨手抄起一本卷宗看，許三清在一旁請教詠真道術問題，詠真有一搭沒一搭地應付著，眼睛三不五時往上官昧那裡瞄。

那個被眾人關注的上官昧反而兩腳往桌上一擱，拿起一本冊子蓋住臉，堂而皇之地睡起午覺來。

一時安好，約莫一炷香時間過去後，詠真不耐煩了，往上官昧走去，掀掉他蓋面的冊子道：「喂，上官昧！」

上官昧猛然睜開雙眼，忽然大吼一聲，兩手屈曲成爪，直往詠真撲去。詠真急退一步，蘇星南已補上，一把拿住他手肘想反制住他，上官昧卻咧開嘴來就往他手上咬，蘇星南即使閃開，但袖子上一條白邊已經被他撕扯下來了。

上官昧猛地跳到桌上，警惕地看著眾人，他雙目炯炯有神，不似那日湯繼威的狂亂，卻像一頭伺機而動的豹子，準備隨時撲向獵物！

許三清皺起眉來，正想故技重施先用定身咒把他定住，但上官昧十分靈巧，幾次他想拍他額頭，都被他躲了開去，後背還被他重重拍了一下，背心發痛。上官昧「啊嗚」一聲就要咬許三清喉嚨，被蘇星南一掌擋開了。

一記襲擊不成，上官昧也沒追擊，仍回到那虎視眈眈的守勢，目光緊釘在在三人身上。

「讓開！」

詠真一喝，蘇星南便馬上挾著許三清退下，上官昧趁兩人後退而撲上，詠真輕飄飄地甩了甩衣袖，竟然被上官昧整個攏了進去。

——袖裡乾坤！

許三清目瞪口呆，傳說李耳背著一個布包倒騎青牛便可行遍天下，是因為他把所有家當都藏在那一個布袋裡，雖有記載，但真能練成此法的，如果他看到的典籍沒有記載紕漏，那詠真絕對是第一個！

許三清還沒驚訝完，詠真就把暈迷了的上官昧從袖子裡甩了出來，上官昧像個超大號沙包，「砰」的一下砸爛了一把椅子，嘩的吐了一口鮮血。

「上官昧！」蘇星南連忙扶起他點了幾個關竅穴位，止住他翻湧的氣血，「他怎麼了？」

「你沒看見嗎，發狂了啊。」詠真嫌棄地揮著袖子，「嘖嘖，誰那麼失敗，引魂丹做壞了，還成了能使人發狂的毒藥，這種道行真是丟我們道士的臉。」

「上官大人身上的確沒有其他魂魄之力。」許三清摸了摸上官昧的脈搏，「應該真的是那種藥丸使人發狂了。」

纏繞心頭的噩夢終於被驅散了，蘇星南不禁長吁一口氣，低頭對上官昧報以感激一笑：「謝了。」

「他被我強行擄入袖裡，袖裡乾坤陰陽倒錯，藥力與肉體分離，所以被逼出來了，而你用驅魂的法子治療湯繼威，原理也是使陰陽錯位，讓魂魄與肉體分離，錯有錯著地把毒逼出來了。」詠真彎下腰來撈起上官昧往自己肩上一扛，「不過我這袖裡乾坤比較猛，他就吐血了。好吧我會負起責任來，我帶他回去治療了，你們快去找那些王孫公子，把這些藥給要回來吧。」

詠真難得好脾氣地解釋了前因後果，然後便化光離去了，蘇星南跟許三清對視一陣，只能一笑置之，蘇星南再也沒有顧慮，鋪開紙張，花了一個下午的時間，把這件京城官家子弟當街發狂，襲擊大理寺少卿上官昧的案子，清清楚楚地記錄了下來。

邪丹致人發狂，最終這案子便以宮中太醫用錯藥材告終。皇帝生氣地革了那個太醫功名，把聖旨往他家裡一傳，讓他以後都不必回京城，又薄責了太子幾句「年少不懂事」，最後皇榜一張盛讚大理寺處理得當，卷宗便蓋上官印封存，成為一件圓滿解決的案子了。

上官昧居功至偉，加俸祿十石，但翌日論功行賞時，上官昧卻沒有來早朝。

皇上得知他以身試藥，還受了傷，十分大方地沒有計較。但其實當時，上官昧並未在家休養，他處身雲壇裡，詠真正挑著眼眉監督他把一碗碗顏色跟氣味都很奇怪的湯藥喝掉，酸甜苦辣鹹澀，上官昧五官都快移位了。

「我到底還要再喝多少這種東西！」好不容易喝了五碗，詠真又端來三碗，上官昧真是想死的心都有了。

「上官大人，你要忠義兩全，裝英雄豪傑，是要付出代價的。」上官昧笑咪咪地把碗推到他跟前，「喝完這三碗就好了。」

「喔。」還好還好。

「下一輪在晚飯後喔。」

上官昧把所有髒話都和著那噁心酸苦的藥湯灌了下肚：「你是怎麼看出我在說謊的？」

「哪用看，感覺都感覺到了。」詠真欣賞著上官昧那俊秀的五官皺縮成一塊又再慢慢舒展開來的過程，覺得十分賞心悅目，便順道關心起他來，「你為什麼要裝出自己是吃了丹藥發狂？」

「不這樣做，那就是說那藥丹真的是引魂丹了。」上官昧擦擦嘴，「這藥絕對不是宮裡煉來以備各位皇子皇孫不幸離世時移魂續命的，那麼它就只能是蘇家人不顧朝廷禁令私煉丹藥，還把它發給別人服用，罪加一等。所以它一定是真的會使人發狂的藥，一定如此。」

詠真斜瞥他一眼：「對我說話何必如此兜轉，我對這些東西毫無興趣。要不是看你還服侍得我挺舒服，我也不會幫你圓這場戲，讓你試試給許三清一個散魂符拍頭上，魂飛魄散算了。」

「哈，那要多謝你了。」上官昧笑笑，然後又愁眉苦臉地去喝另一碗藥了。

「真的這麼苦嗎？」詠真湊過頭來問。

「你自己煮的你不知道？」

「我又沒被人收過，哪裡會知道。」詠真抬手勾過上官昧的脖子，嘴巴貼了上去，把舌頭伸過去攪了一圈，「嗯，味道是有點奇怪。」

上官昧愣了一會，竟然沒跟他說什麼九代單傳第一直男，只是「嗯」了一聲，繼續喝藥。

詠真順著上官昧的大腿往上摸，直摸到他緊實的腰肌，嘖嘖，這練的什麼工夫，懶洋洋的外表底下一身健實的肌肉？

「詠真先生，請你自重。」上官昧捉住他的手，「即使先前有所誤會，但我不會跟你再有交集。」

「你還想裝到什麼時候？」詠真反手握住他的手，一根根手指地吻了過去，「你放心，我只是想跟你玩玩，名分名聲之類的笑話我不在乎，你玩膩了便自去娶妻生子，不會真叫你家絕了香火。」

上官昧巋然不動：「你這樣遊戲人間，最後能得到什麼？」

「不必跟我交心，不必瞭解我，不必為我感到內疚或者抱歉，」詠真笑笑，「我要的人不是你，只是我等得有點無聊，所以想你陪陪我而已，你能得到我，我能夠有人陪，一家便宜兩家著，好不好？」

上官昧從他唇下抽出手，濕漉漉的手指撫到詠真耳後：「你在等什麼人？要是他十年，二十年不來，你也繼續等？」

「是，我會繼續等，我是修道的，我壽命比別人長很多，我也不會老，所以，就算你成了個糟糕的老頭，我還是如今這般貌美如花，這生意怎麼算你都賺了吧？」詠真把臉貼到他手掌心上，節奏緩慢而性感，魅惑放蕩，就是他的本性。

「那麼多紈褲跪在你腳下，為什麼跟我做這筆生意？」

「不是跟你說了嘛，那是修煉，你吃醋？」詠真笑道，挑起指尖在他臉上勾勒他的線條，額，鼻尖，唇，下巴，這場不動聲色的誘惑跟抵抗，不知道誰是先退讓的一位。

「我跟他打賭輸了，要修道一直修到他重新出現在我面前為止，但我修著修著就遭遇瓶頸了，無法突破，雙修是個好法子，我又不想讓人家好好的夫妻因我反目，便到這裡來找那些人了，但他們都沒用，幾十個人的效果還不如你一個，我想這也是緣分，你就當做做好事，幫助我度過瓶頸吧，要不百年天劫劈下來時我躲不過，可是會死得很慘的啊。」

上官昧忽然捉住他的手指，力氣之大彷彿是要把他手指掰斷一樣，詠真皺眉，下巴便被同樣用力地捏住了，詠真想喊痛，可一眼看近上官昧的眼眸時，卻被他那認真到有點森然的神情給嚇到了。

「賭上我上官家九代香火，卻只是當別人的替身，還說這生意我不會虧本？」上官昧捏著詠真的下頷，用力到在他臉上留下了淡紅的指痕，「詠真，如果你要我，就拿完完整整的你來換，上官昧不做賠本生意！」

話畢，上官昧便把詠真推了開去，仰頭把最後一晚苦藥喝完，砰的把碗摔碎在地，甩袂而去了。

詠真抹了一把臉，指痕便消失了。

嘖嘖，說話就說話，發脾氣就發脾氣，摔什麼東西，以為自己是黃花大閨女呢？

蹲下身子去撿碎片，瓷碗碎片把他的手指割破了一個洞，他皺著眉頭盯著那冒出來的血珠，看著它慢慢流過潔白的瓷片，沁到暗紅的地毯裡。

痛，他覺得，有點痛。

第二十七章

邪丹一案了結，上官昧又大搖大擺地遲到早退了，大家見怪不怪，還是如常辦公，蘇星南平日處理公務，下班便回家跟許三清研究道法，跟他在經常到處閒逛，有時候碰見詠真也閒談幾句，日子過得平淡喜樂。

但許三清卻日益愁眉不展了。

起初的好奇新鮮感過去後，京城也不過是一個大一點的繁華城市，但這裡卻嚴禁修真修道，許三清過去還三不五時有人請他算八字改名字，看風水選墳地，更有快死的人抱著萬分之一的僥倖心理請他救命的，雖然薪酬微薄，還會時常被人反過來汙衊他是神棍，但到底他也學有所用，能幫得上人。

可在京城裡，他就只能閉門造車了。

蘇星南也看出他的鬱悶，但他有官職在身，不能像許三清那樣逍遙自在想去哪就去哪，也只能多抽時間來陪他，讓他沒那麼無聊。

其實蘇星南也是有擔憂的，現在許三清是因為捨不得他，才一直留在京城，可哪天壯志難伸的惆悵，總會超過日夜相見的厭煩，到時候他說要離開京城，他到底是隨他辭官離京，還是就此與他分道揚鑣？

說到底，還是應該早日搞清楚為什麼太子殿下忽然對道教深惡痛絕，才能對症下藥，若是禁令解封，那在京城建一處道觀讓許三清打理，還不是舉手之勞嗎？

嗯，正一教是可以娶妻生子的，那即使有情愛之事，也是理所當然……

蘇星南的思緒越飄越遠，但算盤打得再響也是要付諸實行才能賺錢的，於是他便用舊同學小聚的名義求見太子，想要套一套太子的話。

蘇星南這半年都在外為各地懸案巡視，這還是他回京後第一次正式拜見，他特意把一件從賀子舟那裡討來的奇趣玉器帶上，也好作個談資，但待他經過通傳進了東宮才發現這玉器帶得不對了。

他從前讀書的時候也來過東宮，但現在這東宮跟他記憶裡簡樸雅致的東宮差太遠了。幾案跟書架上都擺放著各種不同顏色不同造型的玉器不說，連桌椅器皿都鑲金嵌玉，更莫說那白玉階跟玉雕梁了。

難怪這幾年朝廷對玉羅山的採礦量要求增大了這麼多，原來都採到東宮來了。

若是從前的蘇星南見了這狀況，他定要勸告太子鋪張浪費十分不好，但現在的他思考時多了一重陰陽術法的角度，便覺得有點奇怪了。

許三清說過，玉養陰氣，若近水則更險。當初他看見玉羅山那個小廢玉池子也覺得大為不妥，那現在這個玉砌東宮，他又會怎麼認為呢？

蘇星南微蹙眉尖打量著那些玉石，開天眼看看？可他先前靈氣損耗過度，許三清已經明令禁止他在三個月再開天眼了，若他冒險這麼做，恐怕真會賭上自己以後的道法生涯。

「星南！」

一聲清脆的呼喚打斷了蘇星南的思考，他連忙作個大禮：「微臣參見太子殿下，殿下千歲安康！」

「一場同學，不必客氣了。快請坐吧。」

「那星南恭敬不如從命了。」

蘇星南隨太子在窗邊一處羅漢床上坐下，他不敢公然打量，只能偷眼看。

李欽太子明明與蘇星南一樣年紀，但面容看來卻仍像十七、八歲的少年，連聲音都是脆生生的，但臉色有點蒼白，說話間短促的喘氣聲也讓蘇星南明白他身體情況並不很好。

李欽見他手捧禮盒，好奇問道：「這是什麼好玩的東西？」

「哦，這次星南到蘇杭附近巡視，偶然得了一件玉器，本想給殿下玩耍一下，但如今看來，星南是班門弄斧了。」蘇星南打開錦盒，從裡頭拿出一件雕工奇異的玉器。

這是一件玉雕黃魚墜子，魚嘴上叼著一個玉環，絲線繫上玉環便可當吊墜。本非特別，但細看便知黃魚跟玉環之間毫無拼接痕跡，竟是一塊玉料整塊雕刻而成的，不到半根手指長度的小玉件，這師傅的手藝真可謂巧奪天工。

李欽顯然也看出來了，眉開眼笑地把它托在掌心把玩：「妙計妙計，比那些什麼玉雕大白菜好玩多了！」

蘇星南笑道：「殿下，你這樣說，玉雕大白菜可是會哭的。顏色如蔬菜一般青綠的玉石可不常見啊。」

李欽卻搖頭道：「那不常見的也只是玉石本身，而非手藝，好的玉石師父比好的玉石更不常見。區區一塊黃玉，好的手藝可以化腐朽為神奇，可憐那件大白菜了，要是它也到了這位師父手中，一定會有更奇妙有趣的造型吧。」

蘇星南「嗯」了一聲：「殿下好像從玉石之道，感悟到一些其他的道理？」

「嗯，我最近在思考一件事，每年開科取士，能到進士位的不過七、八十人，而他們這些人大多數都只是在鄉下當個有識之士，並不能發揮他們的用途，那我們為何不把這些進士都集中起來培訓成好的官學先生，開辦更多的官家學校，讓平民百姓免費讀書識字，開發民智，那不是更好嗎？」

李欽笑笑，把那黃魚玉件放進一個小茶碗裡，倒上水，那黃魚玉件看起來更像一條真正的魚兒了：「與其等千年不遇的好玉，不如培養更多的玉石師傅吧？」

這番話說得蘇星南一口男兒浩氣梗在喉頭，好一會才重重地吁了一口氣，雙手抱拳往李欽深深鞠了一躬：「殿下有如此胸襟遠見，星南拜服！」

「哎，看我，好端端地說事情，怎麼又說公事了呢，真掃興，你別見怪，我最近都沒怎麼出宮去了，整天就是讀書，難免呆板一些。」

李欽吐吐舌頭笑了笑，這舉動讓他本來稚氣的臉容更顯可愛，蘇星南也笑了，兩人就著幾案擺上了棋局。下了一會棋，蘇星南才開始聊道：「殿下，我從前都不知道你對玉石這麼有研究，我在國子監時就認識了一個同樣很喜歡玉石的同學，改天我帶他來參見你？」

李欽無所謂地聳了聳肩：「其實我也沒有什麼研究，只是放著覺得挺舒服順眼而已，不過父皇看我喜歡，就整天叫人送過來給我，搞得我很鋪張浪費的樣子。」

「我記得從前讀書時，殿下不怎麼喜歡玉石，而是喜歡珍珠的。」蘇星南試探道，「是什麼時候開始對玉石感興趣呢？到道觀裡學習以後嗎？」

聽到「道觀」兩字，李欽臉色有一點凝重，但很快就輕笑一下帶過了：「現在我也喜歡珍珠啊，多喜歡玉石一樣也無不可吧？」

「殿下，其實星南心裡一直有一個心結。」蘇星南掂量著，開始打感情牌，「當年是我父親向皇上提議，讓殿下到道觀裡學習的，但後來殿下對道人如此反感，星南常常想，是不是殿下在道觀裡遭受了什麼委屈呢？如果是，那就是蘇家欠了殿下的，星南希望可以作出補償。」

李欽搖搖頭：「星南，這怎麼能算是郡王爺的錯呢？他這個提議也是為我著想而已，而且，到道觀裡我也沒有受什麼太大的委屈，只是我親到其境，才明白了世間本無所謂的道，不過都是些騙人的東西，我覺得任由它發展下去，極其不好，所以才提出要一些禁止它們太過氾濫的舉措罷了。」

蘇星南心中暗揣這些話裡有多少分是真的，但最後還是冒險試探道：「殿下說這世間本無道，說道教是騙人的。那、那若是有道人能向殿下展示出真才實學呢，殿下會否因此改觀？」

「哦，你說的真才實學是什麼意思呢，星南？」李欽抬起眼來，玲瓏剔透的眼睛裡泛起些深沉的神色。

「……星南對道教一無所知，但曾經聽家父說過，道家有定身咒，千斤墜，淨滅咒等咒法，各有效果，比如定身咒，可以使人瞬間無法動彈。」蘇星南小心翼翼地讓自己表達得更中立客觀一些，「若有道人真的能使出此法，不是能證明道教不全是矇混欺騙之流嗎？」

「如果真有此等高人，便馬上殺了。」李欽淡然說出這句話來，眼底掠過跟他那稚氣的臉容相去甚遠的蕭瑟。

蘇星南硬是按下心裡的驚濤駭浪，微笑道：「殿下開玩笑了，殿下豈是此等好殺之人？」

「我不是開玩笑的。」李欽卻很認真地說道，「武功高手已經能夠飛簷走壁，讓我皇宮大內不斷加緊防範了，若真有人能使出這種詭奇法術，再怎麼添加人手戒備都是白費氣力，這樣的能人有一個，我可以收歸朝廷，但若是有一個門派，我如何防範他們每一個人呢？」

「道法還是講究順應天命，修身養性的，應該不會被心懷叵測之人利用。」

「若只要修身養性，讀書一樣可以，練功一樣可以，何必學這些讓人恐懼多於感恩的東西呢？」李欽笑笑，「不過我知道他們是騙人的，並沒有這樣的東西存在，所以我也只是讓他們守規矩，並沒有趕盡殺絕。」

「……嗯，殿下所想，也有道理。」蘇星南脊背生涼，再看李欽那孩子氣的娃娃臉，已然無法與可愛聯繫起來了。

這是真正的披著羊皮的狼，蘇星南幾乎便被一口咬斷喉嚨了。

接下來兩人也不再圍繞道教問題聊天了，下了幾盤棋，聊了些往日趣事，李欽身體不好，漸感疲乏，蘇星南便告辭了。

出了東宮，陽光曬到身上，蘇星南不禁深呼吸一口氣，伸了個大懶腰。此時方覺得身體漸漸恢復了些暖意。

也不知道是心理作用還是地理位置使然，在東宮裡面，蘇星南覺得總有絲絲縷縷的涼意往他身體裡鑽，初時覺得還挺舒服的，但下完一盤棋時，他已經不住地喝熱茶了。

玉養陰氣，果然如此。殿下身體不好，還住在如此陰涼的地方，合適嗎？

蘇星南走了幾步，就看見提著藥箱的方籬燕往東宮走了過來。方籬燕協助邪丹案有功，蘇星南走上前去給他行了個禮：「方太醫好。」

「哦，是蘇星南大人，久見久見。」方籬燕好一會才認出蘇星南來，「下官經常見的都是蘇星泰大人，所以對蘇大人你有點面生，剛才就沒有給你行禮了，請莫見怪。」

人人都說方籬燕三十歲就成為太醫院首席，為人孤高囂張，行事目中無人，但蘇星南現在聽他言語，卻沒有這種難以相處的感覺：「嗯，我較少在內庭行走，方太醫不必自責……對了，上次丹藥一案，多謝方太醫指教，要不我們也認不出那害人的藥草來。」

「醫者行醫，不過是分內事。」方籬燕看看他，「蘇大人剛從東宮出來？」

「嗯，我跟殿下是舊同學，前不久去蘇杭出差，得了件新奇玩意，來給殿下解解悶罷了。」蘇星南也打量這方籬燕，他最近也在學看骨相，看這太醫身材挺拔，氣質獨特，倒有幾分豹骨之相，難怪這麼年輕便能當上太醫院首席，「方太醫要去看太子殿下嗎？方才殿下跟我下了幾盤棋，覺得困乏，可能此時在小憩。」

「無妨，我只是給他做些尋常檢查，他睡著了我也可以看的。」

「殿下身體好像不太好，是什麼病嗎？」其實蘇星南這麼問是逾越了，但他想知道李欽在道觀裡是否遭人欺負導致懷恨在心，即使逾越了也只能問了。

方籬燕皺了皺眉，明顯是覺得蘇星南問得唐突，但他也沒有一口回絕，客氣回答道：「殿下從小身體就不好，這些年已經好很多了，不過當然比不上蘇大人你這學武之人了，太醫院自當盡力為殿下調養身體，哪敢讓殿下生病呢。」

蘇星南也覺得自己問得離譜，要是太子久病不愈，那就是太醫院的失職了，太醫院首座又怎麼會告訴他呢？

「哦，我只是覺得東宮裡頭有點冷，擔心殿下會感染風寒罷了。」

方籬燕搖頭道：「這深宮裡，又有哪個地方不冷呢？」

蘇星南一愣：「方太醫？」

「啊，對不起，我失言了。」方籬燕作了個抱歉的手勢，「剛才從冷宮的水井裡撈起了一個投井宮女，救不回來了，所以有點感慨而已。」

蘇星南輕嘆口氣：「方太醫不必自責，你又不是神仙，不是誰都能救活的。」

「唉，若真有逆天之法，那就好了。」方籬燕向蘇星南鞠個躬，「我先去看殿下了，就從別過。」

「請。」

出了皇宮，蘇星南在官轎裡默默揣測剛才李欽的話語。

聽他語氣，絕非真的認為修真一途全是虛假，相反，他就是知道真有此等能人異士，才刻意打壓，希望它從此式微再也無法抬頭。

但是，理由呢？為什麼殿下如此痛恨有真才實學的高人們？

痛恨嗎？

不，不是，是恐懼，正如他所說，太過厲害的術法非是每個人都能駕馭，那麼那些駕馭了的人便會成為大家仰慕崇拜的對象。

大家都要仰慕崇拜的人，只要是皇帝就好了。

蘇星南越來越覺得心緒不寧，他本來覺得這這是一場誤會，解釋清楚就好，但現在，禁令的背後明顯還有別的意圖，蘇星南不敢胡亂猜測那是什麼，但無論是什麼，那都不會是一件容易解決的事情。

怎麼辦呢，局面再這樣一成不變，許三清可能真的會離開京城的。

蘇星南嘆口氣，對轎夫道：「不回大理寺了，送我回家吧。」

第二十八章

清靜的井水，屋背的瓦脊土，還沒長老的柏葉。許三清把材料都往水盆裡放好，閉目凝神，結手印，念口訣，似乎在進行一個十分隆重的法術。

「天地乾坤，璿光異彩，開！」

右手劍指往水面一戳，平靜的水面慢慢漾出波紋，在水面上漂浮的灰土逐漸勾勒出一些圖案來，柏葉顫巍巍地在水中浮浮沉沉，許三清眉頭緊皺，左手握住右手手腕，彷彿在與一股強大的力量抗衡。

「喝！」柏葉忽然完全沉了下去，水面炸開，混著灰土潑了許三清一臉，他倒退一步，擦了擦額角的汗。

蘇星南進門時就剛好看見水面炸開那一幕，嚇得他趕忙跑過去問道：「師父，你沒事吧？」

「我沒事，只是施法失敗了。」許三清皺著眉頭撿起地上的柏葉，不解地喃喃自語，「為什麼呢，難道是柏葉太老了？」

蘇星南卻是看不出他擺的是什麼架勢：「你在施什麼術法？」

「這是水鏡，俗稱天眼通。」許三清解釋道，「人身上的天眼是用來看萬物的氣的，而開水鏡，則可以看到你想看到的那個人的處境。我想過了，比起定身咒這種讓人覺得自己被束縛著的可怕的術法，開水鏡更容易讓人接受吧？用這方法來傳遞資訊不是很實用嗎？就不必老是寫信了嘛！」

「嗯，的確是這樣。」尤其在彙報軍情時，開水鏡真的能讓人穩坐軍中決勝千里。

蘇星南沒說後面的話，他知道他如果說了，許三清一定會說，不能把道法用在戰爭這麼殘忍的事情上。

但，如果能讓太子明白，劍有雙刃，是否能改變他對道法全盤否決的態度呢？

蘇星南兀自深思，不覺就沉默了起來，許三清眨眨眼，往他跟前揮了揮手：「星南，你怎麼了？」

「啊？哦，沒什麼。對了，今天你就只是在研究開水鏡的方法嗎，沒出去逛逛？」

許三清扁了扁嘴，「京城就這麼大，有什麼好逛的。」

「嗯，那我們去吃飯吧。」蘇星南不再往這話題上扯，他真的很害怕許三清跟他說，京城沒意思了，我要離開。

「星南。」許三清拉住他的袖子，仰起頭來看著他，「你坐下，我跟你說個事情。」

「嗯。」蘇星南臉色一沉，但還是聽話地坐下了。

「你記得我跟你說過，我師父，你太師父許清衡真人曾經囑咐過我的遺言嗎？」

「記得，太師父說，要我們尋回鎮派寶物，光復道門。」蘇星南點點頭，抬了抬手想捉許三清的手，最終卻只是撬了撬衣角，「我今天進宮，就是去見太子殿下，殿下跟我說了一些事情，我大概有些頭緒的，但你給我一點時間……」

「我不是在催促你。」許三清搖搖頭，輕嘆了一口氣，「其實我也知道，要光復門楣談何容易，過去我是沒什麼見識，但現在我知道了，光是一己修為，很難做到重振道門聲望。所以，我想要先把鎮魂鈴給找回來，再以此為信物，到各個宗派的地盤去找一下還有沒有人願意跟我一起努力。」

蘇星南臉色陰沉，這天終於還是來了：「可是，你不是說過，現在你還不知道自己想要什麼嗎？你不是說害怕現在放棄了任何一方，將來會後悔嗎？你現在就不害怕放棄我了？」

「我害怕啊。」許三清忽然加重語氣，兩手緊緊攥住了褲腿上的衣料，「我就是還在害怕，所以我才要跟你商量。」

蘇星南一愣：「……你想要我跟你一起走？」

許三清耳垂著頭，鬢邊耳垂尖兒都紅了：「你、你可以跟我走嗎？」

本該高興許三清主動請求他一起離開的，但蘇星南也無法為了私情而完全放棄自己堅持的公義，他從一開始入仕便看準了大理寺，這麼多年的努力也不能一下割捨。他抬手按了按許三清的頭，道：「我很高興，但是，我沒辦法馬上回答你。我也跟你一樣，害怕放棄現在擁有的東西。」

許三清抬起頭來，他對這個答案並不意外，畢竟他本來就是自己死皮賴臉地求來當徒弟的，若要他放棄本來的志向，也的確是強人所難了。他點點頭，把他的手從頭頂上捉下來握住：「我明白的，你也慢慢想。我們都不急。」

「嗯，我們都不急。」面對許三清的包容跟溫柔，蘇星南根本無從開口告訴他，他所努力的方向，和讓太子對道教改觀的方向根本不對。他需要的就是你們這群孜孜不倦於道法修行的人消失，只剩下講經習武的殼子。這樣殘忍的話，讓他如何說出口來？

許三清看蘇星南仍是眉頭深鎖，便對他綻開個暖暖的笑：「別這副表情嘛！又不是生離死別。來吧，我們去吃飯，我看見他們做了好多菜了，也不知道是什麼日子。」

「嗯？」蘇星南這才回過神來，「今天是我小姨的忌日。」

「……哦，對不起。」許三清的笑僵在半路，尷尬地搓搓手，「對不起，我早該猜到，我真笨。」

「不知者不罪，跟笨不笨有什麼關係？」

「因為我明明看到你身上有一點死氣，居然也沒猜出來你是去墳地拜祭她了，所以我才說我笨嘛。」許三清說道，「我還以為你是去了牢房所以沾染上的呢，唉，你不過是年幼時跟丟了送葬隊伍而已，怎麼可能一直都不知道小姨的墳墓嘛！」

蘇星南拍拍他的臉：「那你也猜錯了，我的確到現在都不知道她的墳墓在哪裡，每年我都等著父親去拜祭她我可以跟著去，可這麼多年來，他都沒有去過。」

「咦？」許三清愣了愣，「那你身上的死氣，真是牢獄裡沾來的？」

蘇星南搖頭：「也不是。今天宮裡有個宮女投井自殺了，我跟救治她的太醫接觸過，可能是這樣染到的。」

許三清嘆息一聲：「有吃有喝的，也有瓦遮頭，幹嘛還是要自殺呢？」

「師父，宮牆裡頭，對於有的人來說，或者是生不如死的。」

說話間，兩人已經在飯桌邊落座，小僕們聽到他們說話，不禁插了一句嘴：「千紅小姨不就是宮女出身的嗎？跟我們一樣是從宮裡出來服侍大人的啊。」

許三清驚訝地瞪大眼睛：「你家的僕人都是從宮裡出來的？」

蘇星南笑笑：「也不是全部，但管事的那些都是宮裡伶俐的，皇上對蘇家很是眷顧，所以讓他們來照顧我們。」頓了頓，蘇星南看著那一碗瑤柱羹嘆氣，「可惜小姨即使出來了，下場也一樣慘澹。」

許三清握住他的手，指尖抵到了他掌心處，蘇星南抬頭，看著他的眼睛笑笑，便收拾起心情，吃這一頓全是千紅小姨喜歡的菜的飯宴了。

吃過飯，蘇星南在書房裡工作了一會，就回房間去打算泡個澡，誰料剛脫了外袍，許三清就「嗖」的從掛衣屏風後鑽了出來：「星南！」

「哇啊！」雖然不是黃花閨女，但蘇星南也著實嚇了一跳，「你怎麼在這?!」

許三清看他一臉驚怒，有點委屈地扁起嘴來：「我想告訴你一個好消息，但小僕們說你在工作最好不要打擾你，於是我就到你房間來等啊。」

蘇星南猶豫了一下是否要把外衣穿回，彆扭了一會覺得太迂腐了，乾脆就撒手不管，坐到床邊去了：「什麼事情這麼焦急告訴我？」

「我幫你找小姨的墓地出來吧！」許三清興沖沖往他身邊一坐，拉著他的手臂幾乎是貼在他身上說道，「剛才我那個開水鏡的方法就能找到。不過我需要一件你小姨用過的東西，首飾或者髮簪這類經常貼身佩戴的東西最好，衣服鞋子也可以！」

「呃，我應該留著小姨的首飾盒。」蘇星南用力往一邊躲，唉，他都跟他表白過了，他還這麼沒心沒肺的，如果對方不是許三清，蘇星南一定會覺得他在勾引他，「我待會給你送過去，我先洗個澡。」

「咦？」許三清好像現在才發現蘇星南脫了衣服，當即火燒火燎地彈了開去，臉頰飛起兩片紅雲，「你幹嘛不早說！」

蘇星南哭笑不得：「你看不出來嗎？」

「你裡頭也穿白，外頭也穿白，誰知道你脫了衣服！」許三清困窘之下胡亂指責了起來，「要是像我一樣穿得藍白分明，哪有人會誤會！」

「哦，我倒是想看看，你有多分明啊？」蘇星南怕他繼續糾纏，便欺身上前笑嘻嘻地揪住他的衣領往外扯，「你脫給我看看？」

「喂！」許三清只覺耳朵邊上轟的一聲炸雷，忙不迭把他推開，自己也猛地跳起往外跑，卻是腳下一滑，竟然頭朝下腳朝天地往澡桶裡栽了進去！

「三清！」蘇星南大驚，一步跨進澡桶，長手一伸把他從水裡撈起來，許三清一冒出水面便「噗」的噴了蘇星南一臉洗澡水，被洗澡用的香粉香油嗆得不斷地咳嗽。

「哎，你別動，放鬆。」蘇星南當即把他抱在胸前，雙手環在他胸前把他用力往上一提一顛，雙手握拳往胸前施壓，幫他把水都控出來，許三清猛咳了幾大口水，會吸才慢慢順暢了，扶著澡桶邊緣大口喘氣。

蘇星南給他順背：「怎麼樣，好點沒？」

「咳咳……沒、沒事了。」許三清搓了搓口鼻，轉過身去鼓著臉頰盯著他，眼睛咳得紅通通的，額髮濕漉漉地黏了一臉，十分狼狽。

蘇星南忽然想起當初他明明不會游泳也要跳水裡去追他，一腔柔情都要從明眸裡溢出來了，他伸出手去給他理好頭髮，然後手就黏在他耳後移不開了。

許三清一動不動地看著他，臉上依舊暈紅，卻沒有慌張。他很認真地回望著蘇星南的目光，儘管自己也尚未十分明白，但他不會逃避，也不想放棄。

蘇星南緩緩湊過臉去，秉著呼吸才敢把自己的唇印上許三清的額，生怕他一個呼吸重了，便會吹散這個幻影。

但許三清還是好好地在他跟前，沒有消失。

蘇星南的呼吸沉重了起來，沿著許三清細緻的輪廓一直往下吻去，細碎繁密的吻從額心盛放到嘴角時，蘇星南停頓了一下，稍稍睜開眼來，審視許三清的神色。

若他只是嚇得不敢動彈，或因為害怕他離去而強自忍耐，那都不是他真心想要的。

許三清垂著眼簾，睫毛上凝著毛茸茸的水氣，他眨眨眼，朝他看了過來。

蘇星南一手扣著他的後腦勺，便往他唇上壓了上去！

許三清雙眼一瞬瞪得極大。他以為只有說話跟吃飯兩個作用的嘴巴，現在卻讓蘇星南含住了，用巴不得把他嵌進身體般的力氣廝磨著。錯愕跟疼痛讓他本能地皺眉，想往後仰頭躲開，卻被他控著頸脖，無法躲避。

直到吻上去的時候，蘇星南才發現，雖然他無數次幻想過有一天吻上他的時候會是怎麼樣的甜美撩人，但真真切切吻上了，所有的幻想都變得無足輕重。許三清的唇那麼柔軟，那麼綿滑，像街頭賣的棉花糖，輕盈如羽毛，彷彿感覺不到，卻已經化了滿唇舌的香甜。

他並不著急深入，只含著他的唇瓣吮吸，直吮得那方柔軟如同怒放的花，豔若朱丹。

初時的錯愕過去後，許三清便皺著眉頭推他。親額頭他能理解為表示理解與親密的舉動，但現在這樣太過了，他仍未許諾他任何東西，他也不該向他索取。他微微張開嘴來想說話，卻反被蘇星南捲了進來，勾著舌頭攪纏，頓時腿腳發軟，險險捉住他的手臂才不至於滑下澡桶。

一盆清水都翻起了湧動的情色，蘇星南一邊握著許三清的腰往自己身上貼，一邊摩挲著他後頸的皮膚，輕微的搔癢讓他更加敏感，喉中發出陣陣細微的嗚咽。

許三清閉著眼，被動地任蘇星南挑動他勾纏。那舌尖無比靈活，舔過牙齦的嫩肉，便順著牙齒一顆顆往舌底探進，翻攪出陣陣淫靡的水聲，羞得他想合牙便咬，卻在稍稍回神的時候又再被纏住舌尖吮吸，砥礪著他最敏感的地方廝磨，彷彿至死方休。

許三清只覺自己被人捧在手中，一下拋高，在急速下落的快感裡還未及尖叫，又被接住了安撫，如此往復，直搗弄得他渾身乏力，只覺有一條筋脈從舌頭一直延伸到腹下，每一分快感都扯得胯下顫抖，不覺已硬得發痛。

好一會兒蘇星南才抵著他的肩膀把他拉開來，長長的津液在兩人口角上黏連出一道色情的銀線，許三清眼神仍是一片水氣迷濛，失神一般喘著粗氣。

蘇星南撈起水來潑濕了臉，又用力拍了自己兩下，才嘩啦一下跳出了澡桶。衣服濕漉漉地貼在他身上，男兒特徵分外清晰，也是早已情動。

「對不起。」蘇星南出了水便背轉了身子，「我不是故意的，我先出去一下。」說著，連一件乾衣服都沒有披上便快步跑了出去。

許三清一手扒著澡桶邊緣，一手伸到衣袍裡捋了起來。一會，濁白的液體射了出來，在水裡凝成黏稠的絲線，許三清紅著臉爬出來，蹲在地上半晌也起不來。

太糟糕了，這真是太糟糕了，師父，我該怎麼辦才能不辜負你的遺願，又不必讓你徒孫放棄自己的志向呢？

我、我實在不想離開他啊……

——《鎮魂鈴．中卷》完

高寶書版集團
gobooks.com.tw

FH043

鎮魂鈴 中

作　　者　風花雪悅
繪　　者　兔仔
編　　輯　林雨欣
校　　對　小玖
美術編輯　陳思羽
排　　版　彭立瑋
企　　劃　李欣霓

發 行 人　朱凱蕾
出　　版　朧月書版股份有限公司
Hazy Moon Publishing Co., Ltd
地　　址　臺北市內湖區洲子街88號3樓
網　　址　www.gobooks.com.tw
電　　話　(02) 27992788
電　　郵　readers@gobooks.com.tw（讀者服務部）
傳　　真　出版部　(02) 27990909　行銷部 (02) 27993088
郵政劃撥　50404557
戶　　名　英屬維京群島商高寶國際有限公司台灣分公司
發　　行　英屬維京群島商高寶國際有限公司台灣分公司
初版日期　2022年10月

國家圖書館出版品預行編目(CIP)資料

鎮魂鈴 / 風花雪悅著.-- 初版. -- 臺北市：朧月書版股份有限公司出版：英屬維京群島商高寶國際有限公司臺灣分公司發行, 2022.10-
面；　公分. --

ISBN 978-626-96184-8-4(第2冊：平裝)

857.7　　111006794